Tucholsky Wagner Zola Scott Sydow Freud Schlegel
Turgenev Wallace Fonatne
Twain Walther von der Vogelweide Fouqué Friedrich II. von Preußen
Weber Freiligrath Frey
Fechner Weiße Rose von Fallersleben Kant Ernst Frommel
Fichte Richthofen
Engels Fielding Hölderlin
Fehrs Faber Flaubert Eichendorff Tacitus Dumas
Eliasberg Ebner Eschenbach
Feuerbach Maximilian I. von Habsburg Fock Eliot Zweig
Ewald Vergil
Goethe Elisabeth von Österreich London
Mendelssohn Balzac Shakespeare Dostojewski Ganghofer
Lichtenberg Rathenau Doyle Gjellerup
Trackl Stevenson Hambruch
Mommsen Tolstoi Lenz Droste-Hülshoff
Thoma Hanrieder
Dach von Arnim Hägele Hauff Humboldt
Verne
Karrillon Reuter Rousseau Hagen Hauptmann Gautier
Garschin
Damaschke Defoe Hebbel Baudelaire
Descartes
Hegel Kussmaul Herder
Wolfram von Eschenbach Dickens Schopenhauer
Darwin Rilke George
Bronner Melville Grimm Jerome
Campe Horváth Aristoteles Bebel Proust
Bismarck Vigny Voltaire Federer Herodot
Gengenbach Barlach Heine
Storm Casanova Tersteegen Grillparzer Georgy
Lessing Gilm
Chamberlain Langbein Gryphius
Brentano Lafontaine
Strachwitz Claudius Schiller Kralik Iffland Sokrates
Katharina II. von Rußland Bellamy Schilling
Gerstäcker Raabe Gibbon Tschechow
Löns Hesse Hoffmann Gogol Wilde Vulpius
Gleim
Luther Heym Hofmannsthal Klee Hölty Morgenstern
Roth Heyse Klopstock Kleist Goedicke
Luxemburg Puschkin Homer Mörike
La Roche Horaz Musil
Machiavelli
Navarra Aurel Musset Kierkegaard Kraft Kraus
Lamprecht Kind Kirchhoff Hugo Moltke
Nestroy Marie de France Ipsen
Laotse Liebknecht
Nietzsche Nansen
Marx Lassalle Gorki Ringelnatz
von Ossietzky May Klett Leibniz
vom Stein Lawrence Irving
Petalozzi
Platon Knigge
Sachs Pückler Michelangelo Kafka
Poe Kock
Liebermann Korolenko
de Sade Praetorius Mistral Zetkin

Der Verlag tradition aus Hamburg veröffentlicht in der Reihe **TREDITION CLASSICS** Werke aus mehr als zwei Jahrtausenden. Diese waren zu einem Großteil vergriffen oder nur noch antiquarisch erhältlich.

Symbolfigur für **TREDITION CLASSICS** ist Johannes Gutenberg (1400 — 1468), der Erfinder des Buchdrucks mit Metalllettern und der Druckerpresse.

Mit der Buchreihe **TREDITION CLASSICS** verfolgt tradition das Ziel, tausende Klassiker der Weltliteratur verschiedener Sprachen wieder als gedruckte Bücher aufzulegen – und das weltweit!

Die Buchreihe dient zur Bewahrung der Literatur und Förderung der Kultur. Sie trägt so dazu bei, dass viele tausend Werke nicht in Vergessenheit geraten.

Die Gränz-Kommission

Carl Heun

Impressum

Autor: Carl Heun
Umschlagkonzept: toepferschumann, Berlin

Verlag: tredition GmbH, Hamburg
ISBN: 978-3-8424-1276-7
Printed in Germany

Text der Originalausgabe

Die Gränz-Kommission.

Eine Erzählung

von

H. Clauren.

1.

»Der schwarze Mohr, der wird nicht weiß,
  Die goldne Kron' behält den Preis,

las ich beim Oeffnen meines Fensters, auf dem Schilde des gegenüber befindlichen Wirthshauses, und rief lachend meinen alten
Justizdirector herbei, der, mir im Rücken, sich seine Reisepfeife
stopfte, und mich trieb, das Frühstück einzunehmen und mich an-
zukleiden, weil die Pferde gleich kommen würden, und wir heute
noch einen weiten Weg zu machen hätten; »am Ende« setzte ich
hinzu, »ist das ein Stich auf mich, denn auf unserer langen Kom-
missionsreise, und bei den ewigen Gränzzügen, hat mich die Mai-
sonne doch wahrhaftig so zum Mohren verbrannt, daß, wenn ich zu
Hause komme, die Leute in der Residenz denken werden, ich
komme direkte aus dem Mono Emugi der Mambo's und Zimbo's.«

»Werden darum doch eine Frau bekommen,« erwiederte tröstend
der Director, »im Gegentheile, die Mädchen lieben ein männlich
braunes Gesicht in der Regel allemal mehr, als so ein käseweiße
Milchvisage unserer gewöhnlichen Stadtzierlinge; bei Blondins mag
ich den Sonnenbrand selbst nicht gern leiden; da kontrastirt in der
Regel das schwarze Gesicht zum hellen Haupthaar auf eine fast
widrige Weise; aber bei einem solchen Rabenhaar, wie z. B. das
Ihrige, läßt eine mäßige Bräune viel besser als eine gar zu sehr in
das Weiße fallende Gesichtsfarbe; doch, liebster Assessor, machen
Sie, daß Sie in die Kleider kommen; je später hier, je später dort,
und ich denke, es soll Ihnen heute Abend bei meinem alten Floßinspector nicht mißfallen; ist seine Tochter so hübsch als die Mutter
zu ihrer Zeit war; so wird Ihnen heute Abend die Zeit nicht lang
werden.«

»Gleich,« entgegnete ich, ohne auf sein Geschwätz von der Floß-
schönen dieses Abends viel zu hören, mit dem Kopfe weit aus dem
Fenster, denn drüben, vor der goldenen Krone stand eine junge
Reisende an einem englischen Sechsspänner, zwei Pappschachteln
unterm linken Arm, und einen Kanarienvogel frei auf der rechten
Hand, und empfahl einem im Wagen mit Packen beschäftigten
Bedienten die möglichste Eile. Der fatale hohe Wagen verbarg mir
die Hälfte ihrer Gestalt, und ihr feiner italienischer Strohhut war so

grob, mir fast ihr ganzes Gesicht zu verstecken, so daß ich eigentlich beinahe nichts von ihr sah, und dennoch fühlte ich mich von dem Wenigen, was ich mit dem neugierigen Blicke erwischen konnte, so angezogen, daß ich aus dem kleinen Flügel meines Fensterchens den Kopf noch weiter hinaussteckte.

»Aber, Herr Assessor, Ihr Kaffee wird ja zu Eis!« rief der Justizdirector hinter mir. »Die Cichorie muß hier trefflich gerathen,« setzte er sarkastisch hinzu, »das Tränkchen ist so dick, daß man es fast kauen muß, um es nur verschlucken zu können; nein, da sollen Sie morgen früh bei meinem alten Floßinspector einen andern Kaffee –«

Was ging mich der Kaffee, die Cichorie und die Floßwirthschaft an, ich hörte kaum mit halbem Ohre von dem allen, denn meine junge Pilgerin drüben stand, nachdem sie sich ihrer Pappschachteln entledigt, und den kleinen gelben Liebling in seinen, an der Wagendecke befindlichen blanken Käfig hatte schlüpfen lassen, mir jetzt völlig sichtbar, an der Hausthür der goldenen Krone, nahm ihren großen Strohhut ab, antwortete der vorbeigehenden Wirthin auf die Frage, ob sie so früh schon ausgeschlafen, freundlich lachend »noch nicht zur Hälfte,« und heftete zu meinem freudigen Schreck – ja, ich bildete es mir nicht etwa aus Eitelkeit ein, ich sah es ganz bestimmt und deutlich, – und heftete den Blick ihres klaren, großen, kohlschwarzen Auges, gerade auf mich, sah eine ganze lange Weile unverwandt herüber, schüttelte lächelnd das kleine Engelsköpfchen, schlug das Auge einige Spannen höher, und drehte sich, als erschrecke sie über etwas, blitzschnell herum. In dem Augenblick kam eine etwas ältliche Dame, grilligen Angesicht, auf dem einen Arme einen dicken Bologneser, auf dem andern einen Nachtigall-Affen, hinter sich einen Bedienten, mit einem Berge von Betten, Mänteln und Pelzen; die Dame nahm mit ihren Hüllen, Kissen und Decken, sechs Siebentel des Wagens ein, in das restirende Siebentel schmiegte sich das junge reizende Mädchen; sämmtliche Scheibenfenster des Wagens wurden zugezogen, die beiden Bedienten kletterten auf den Bock, die sechs flüchtigen Klepper zogen an, der eine Postillon blies einen kurzen Akkord, und verschwunden war der brittische Riesenwagen, der kleine Gelbschnabel, der pfeifende Affe, der Mastbologneser, die grämliche Alte, und die entzückende, schöne Erscheinung, das anmuthige Kind.

2.

»Wo sind unsere Pferde,« rief ich, mich aus dem Fenster jetzt schnell zurückziehend, mit einer Angst, als stände auf jede Minute Versäumniß Tod und Leben, denn der Wagen war in derselben Richtung abgefahren, welche wir zu nehmen hatten, wir konnten, wir mußten ihn einholen, wir –

»Nu, nu, Gott bewahre« versetzte der Justizdirector, seine endlich in Stand gesetzte Pfeife anzündend, »die werden nicht ausbleiben! Wie die liebe Jugend heut zu Tage doch ist! Erst trödelt der junge Herr, als hätten wir Wunder wie viel Zeit, und nun soll es über Hals und Kopf fortgehen. Ziehen Sie sich gefälligst nur an, unterdessen rauche ich mein Pfeifchen und wart dessen Wirkung ab; Sie frühstücken geneigtest, berichtigen beliebigst an den Herrn Mohrenwirth unsere Rechnung, und ein, zwei, drei, sitzen wir im Wagen und fahren in einem Zuge bis zum dürren Fuchs, wo wir, wie ich hoffe, ein recht leidliches Mittagbrod finden werden.«

Pfeifchen, Wirkung, Mohrenwirth! ich stand auf Kohlen; im dürren Fuchse hätten wir den vierrädrigen Engländer einholen können, wir hätten dort *zusammen* gegessen! aber da mußten wir gleich fort und auf Tod und Leben fahren – und statt alles dessen pumpelte der alte dicke Justizdirector mit einer Gemächlichkeit im Zimmer herum, und hatte noch so viele und zum Theil so langwierige Sachen abzumachen, daß ich vor heimlichem Unmuthe hätte aus der Haut fahren mögen. Ein leidliches Mittagessen nannte er das heutige im dürren Fuchse! Ein göttliches war es, wenn mein kleiner italienischer Strohhut noch da war, ein völlig ungenießbares, wenn dieser fehlte. – Dürrer Fuchs! ein ominöuser Name! ich sah mich im Voraus schon um meine süßen Hoffnungen betrogen und geprellt; ich kam mir bereits selber wie ein verschmachteter, abgemagerter, dürrer Fuchs vor.

Doch, unsere Vorspannpferde kamen in den Hof getrappelt; mein wackerer Director absentirte sich, die Wirksamkeit seiner Morgenpfeife laut belobend, in dringender Eile, ich lief zum Wirth, machte unsere Schuld ab und schlüpfte dann hinüber in die Krone, um nach dem Namen der Herrschaft im großen Sechsspänner zu fragen.

Auf dem Hinwege suchte ich – man ist zuweilen recht lächerlich, und ich schämte mich meiner fast selbst – ich suchte die Steine auf, auf denen sie gestanden hatte. Hier auf diesem hatte sie mit ihren kleinen Fußspitzchen gezickelt, als sie den goldgelben Liebling in den Käfig that; auf diesem hatte sie gestanden, als sie den Hut abnahm, im Glauben, bei dem stillen, frühen Morgen ganz ungesehen zu seyn, ihre kleine Toilette im Spiegellack des Wagens machte, und die aus dem niedlichen Reisehäubchen hervorquellenden Rabenlocken sorglich ordnete; von diesem aus hatte sie herüber gesehen nach mir – nach mir nun wohl eigentlich nicht, den sie war ja sichtbar erschrocken, als sie später meiner gewahr worden war, sondern nur nach meinem Wirthshause; ich folgte der Richtung ihres Blicks, und da fiel der meinige auf das Schild meines Mohren, auf dem ich die hochpoetische Inschrift fand:

> Wird auch nicht weiß der schwarze Mohr,
> Geht er der gold'nen Kron' doch vor.

Wohl mochte ihr es komisch vorgekommen seyn, gerade über dem Schilde, den leibhaftigen Mohren in meiner werthen Person zu finden, und das schneeweiße Nachtjäckchen, in dem ich zum Fenster hinaus paradirt hatte, mochte die Monomotapanische Schwärze meines Gränz-Kommissionsgesichts noch mehr gehoben haben, darum hatte sie gelacht, und ich eiteler Mensch hatte dieses Lächeln, im Wahne meiner Selbstliebe, für ein wohlwollendes, für ein beifälliges gehalten!

Die goldene Kronwirthin stand mir auf meine Erkundigung nach dem Reisesechser nicht Rede, und ihr Hausmädchen war schnöde genug, mir kurz und unumwunden zu erklären, daß, wenn mich die Leute, die hier logirt hätten, so sehr interessirten, ich besser gethan haben würde, in der goldnen Krone statt im schwarzen Mohren zu nächtigen, und so setzte ich mich über die Verfehlung meines Zweckes, etwas Näheres in Betreff unserer vorangeeilten Reisegesellschaft auszukundschaften, sehr verstimmt in unsere schwerfällige Kommißchaise, ein dem Justizdirector gehöriges Erbstück aus dem verwichenen Jahrhundert.

3.

Drei Bauern und vier Futtersäcke hatten sich, nach dem leidigen
Vorspannrituale, hinten auf das Packbrett des letztwilligen Ver-
mächtnisses mit aufgehangen, und saßen und lagen meinem heim-
lichen Plane, die reizende Reisegefährtin einzuholen, feindselig im
Wege; der Director schrie, noch ehe wir das Städtchen im Rücken
hatten, dreimal laut auf, denn der kutschirende Pferdebändiger ließ
sein buntes Viergespann dergestalt auftreten, daß ich auf dem heil-
losen Pflaster des Städtchens fast selbst für das letzte Stündlein der
emeritirten Erbchaise zu fürchten anfing. Der alte Herr, dem in
seiner langen Dienstzeit eine solche kourirmäßige Vorspannhast
noch nicht vorgekommen seyn mochte, bat, aus einer Ecke des Wagens in die andere geworfen, flehentlich, seiner morschen Gebeine
und der wandelbaren Chaise zu schonen, aber da war kein Hören
und kein Halten; unser Vorspänner hieb toll und thöricht zwischen
die vier Gaule; das Sattelpferd vorn, ein lederner Fliegenschimmel,
schlug hinten immer ellenhoch aus, die braun und weißgefleckte
Schecke zur Hand galoppirte, wie eine wilde Katze; das rechte
Stangenpferd, ein bocksteifer Falbe, machte lauter viereckige Bo-
gensätze, und der Harttraber, der tückische Mohrenkopf, auf dem
der Kutschirende ritt, zog die ganze Hochlöbliche Gränz-
Kommission allein, und warf nebenbei seinen Reiter dermaßen in
die Lüfte, daß die Gewandheit, mit welcher der dicke Bauerbengel
den Sattel glücklich immer wieder gewann, meine laute Bewunde-
rung erregte. Als ich die ersten Minuten hinter mir hatte und sah,
was man dem, noch aus der alten, guten Schmiede- und Stellmach-
erzeit herrührenden soliden Wagen bieten konnte, kam mir unsere
kommissarische Höllenfahrt höchst spashaft vor, denn ging das so
fort, so hatten wir in einem Stündchen den hohen Sechsspänner
eingeholt. Der Justizdirector, der in der Regel den ganzen Tag
rauchte, und mich, wenn ich unter dem Winde saß, so einqualmte,
daß ich mir jeden Abend wie ein Pickling vorkam, konnte keinen
vernünftigen Zug thun, denn bei dem rasenden Schüttern und Stoßen des beständig aus einem Loche in das andere fliegenden Wagens, war es ihm nicht immer möglich, die ihm unaufhörlich vor
dem Gesichte hin- und herspringende Pfeifenspitze mit dem Munde
zu erhaschen, und auf die radikale Motion sollte uns, meinte ich,

das leidliche Mittagsessen im dürren Fuchse recht gut schmecken. Der Director glaubte fast im Ernste, der Teufel sei in Pferde und Kerl lebendig gefahren; ich – ich hatte sie besessen. Auf drei blanken Thalern beruhte das ganze Zaubermittel, mein mit den Vorspännern heimlich geschlossener Akkord lautete dagegen, daß wir in funfzig Minuten eine deutsche Meile fahren müßten; die Gaule, jetzt erst warm geworden, fingen nun an zu galoppiren, und wenn das so fortging, so überholten wir noch vordem dürren Fuchse den Sechssp – Ruck – da krachte es hinter und unter uns und that einen so heftigen Stoß, daß unsere beiden Kommissionsköpfe hart an einander prasselten, und die Schirmmütze dem Director von der Perücke flog; hinter uns aber lag rechts der eine der Vorspänner der Länge lang im Graben, der zweite links streckte alle Viere auf einem Haselstrauch von sich, und der dritte war mit seinem Futtersacke quer über den Weg gefallen. Der rechte und linke Flügel schrien Zeter, das Centrum auf dem Sacke konnte vor Schreck keinen Laut von sich geben, und in der Mitte einer tiefen Pfütze lag die Director-Mütze! Zehn Minuten gingen hin, ehe alles wieder in Ordnung war; mir dauerten sie länger als zehn Dezennien, »Eile mit Weile« sagte mein Alter und stülpte sich lachend den kothdurchtränkten Sammetdeckel auf die verschobene Atzel, und wenn gleich unser vielfarbiges Viergespann jetzt wieder fortbraus'te, als wolle es den Sonnenball einholen, so riß an dem morschen Geschirre doch bald ein Strick, bald ein Riemen, so daß es alle Augenblicke etwas zu knüpfen und zu binden gab, und wir, trotz meines schönen Dukatens, nicht um ein Haar schneller befördert wurden, als wenn wir nach dem gewöhnlichen Vorspannschlendrian von Haus aus gefahren wären.

Um meinen immer lauter werdenden Unmuth über den ewigen Aufenthalt zu beschwichtigen, wies der Director auf einmal, als wir aus einem Wäldchen kamen, mit dem Pfeifenrohre nach der vor uns liegenden Höhe, sagte, daß dort der aus dem Gebüsche hervorragende rothe Giebel der dürre Fuchs sey, prophezeite, daß wir dort ein Stück delikates Rindfleisch mit Reis und einen vortrefflichen Schweinebraten mit sauern Gurken finden würden, zwei Gerichte, die seit den neunzig Jahren, daß das Haus stehe, tagtäglich darin bereitet würden, und warnte vor dem Landkrätzer, den der Wirth für feinen Würzburger verkaufe.

Ochsen, Schweine, sauere Gurken, Landkrätzer, – – schlechte Vorbedeutungen für die omineuse Dürre unsers da oben vor uns liegenden Fuchses! und doch fuhr ich mit einer Ungeduld die Anhöhe hinauf, als läge mein Paradies da oben.

Das Gasthaus hatte einen großen Hof, und dieser zwei Thore; zu dem einen fuhr unser Pastoralchaischen hinein, zum andern, im nämlichen Augenblicke, der englische Prachtwagen heraus.

Ich hätte verzweifeln mögen!

4.

Meine Hoffnung, das Himmelskind mit dem Strohhütchen noch einmal zu sehen, hier in seiner Gesellschaft zu speisen, es dabei näher kennen zu lernen, war nun auf immer und ewig verschwunden, denn der Floßinspector, bei dem wir diese Nacht zubringen wollten, wohnte zwei Stunden rechts von der Hauptstraße entfernt.

»Nicht wahr, das heißt gefahren?« sagte unser Vorspannkutscher, auf mich freundlich zutretend und wies, in heimlichem Bezug auf die versprochenen drei blanken Thaler, mit dem Hute seitwärts auf die dermaßen mit Schaum und Göscht bedeckten Pferde, daß man sie alle vier zum Schimmelgeschlechte zu rechnen in Versuchung kommen konnte; ich verstand den Mahnwink, und zahlte; der arme Kerl war wie gekocht; den Pferden schlugen die Lungenflügel sichtbar, des Directors schuldlose Karrete war halb bocklahm und fast in Grund und Boden gefahren, ich um drei Thaler ärmer, und alles vergeblich, alles umsonst.

Die neuen Vorspannpferde standen bereit; wären wir gleich wieder weiter gefahren, hätte es uns vielleicht geglückt, den Sechsspänner noch vor der Trennung unserer beiderseitigen Wege einzuholen, aber der Director! der hätte ja sein dürres Fuchsdiner um keinen Preis aufgegeben, und welchen Vorwand hätte ich erfinden können; ihn zur Aufopferung seiner erwarteten Horn und Schweineviehherrlichkeiten zu vermögen!

Höchst verstimmt trat ich in das Wirthshaus; in der Gaststube stand noch das Tischchen gedeckt, an dem beide Damen gespeis't hatten. Bei jedem Kouvert ein Glas Burgunder, das eine halb geleert, das andere fast noch ganz voll. Ohne Zweifel hatte die Alte oben an gesessen, wo das volle Glas stand; ich griff, unter dem Vorwande unerträglichen Durstes, nach dem Restchen des unten befindlichen Kouverts – aus *ihrem* Glase zu trinken, die Stelle vielleicht zu treffen, an der ihre frischen Purpurlippen genippt, den Feuerwein zu genießen, der ihr Rosenmündchen umspült – hatte ich doch *einigen* Ersatz für meine unermeßliche Einbuße.

»Wenn Sie so durstig sind, lieber Herr,« sagte das Dienstmädchen, welches den Tisch abräumte, um ihn für uns zu decken, »so trinken Sie doch lieber dies Glas hier; das ist noch voll, und dann hat dort aus dem eine alte häßliche Frau getrunken, aus diesem hier aber ein hübsches, junges Mädchen; das wird Ihnen viel besser schmecken.«

Hatte mir denn das verschmitzte Ding in der Seele gelesen? Aber war das nicht, so klein auch der Zug an sich war, ein wahrhaft himmlischer von dem Mädchen? ich trinke ihm den Wein, der ihm von Gott und Rechtswegen gehörte, vor dem Munde weg, und statt darüber mit mir zu schmollen, empfiehlt es mir das volle Glas, und streicht noch obenein dessen Preiswürdigkeit vor dem andern halb- leeren heraus! Bestimmt liebte das Mädchen selbst, und wußte, wie köstlich der Labetrank schmecke, von dem der Geliebte genossen. Ich griff nach dem empfohlenen Glase freundlich dankend, sagte mit herzlicher Fröhlichkeit:

Dein Schatz soll leben!

und schlürfte, als das Mädchen mit leichtem Knixchen erwiederte:

der Ihrige daneben!

den köstlichem Chateau la Roze, auf Strohhütchens Wohl, in einem Zuge hinab.

»Habt Ihr mehr von diesem Landkrätzer?« fragte ich, das feurige Burgunderblut mit beifälliger Miene belobend, und den menschen- freundlichen Vorsatz in der Brust, dem Mädchen sein weggetrun- kenes Opferglas mit einer ganzen Bouteille zu vergüten; allein die- ses entgegnete, daß in ihrem Keller dergleichen nicht zu finden, sondern daß die fremde Herrschaft ihn mitgebracht, und obgleich nur noch ein Paar Tropfen in der Flasche gewesen, die Alte doch befohlen, diese wieder in den Wagen zu packen; bey dieser Gele- genheit brach es in lauten Aerger aus über die Härte, mit der die alte Madam die junge hübsche Mamsell behandelt; diese habe sich unten hinsetzen wollen, aber sie habe ihren Platz an die Alte abtre- ten müssen, weil auf den Platz oben die Sonne geschienen; dann wären der Hund und der garstige Affe zu füttern gewesen, so, daß sich die Mamsell kaum halb satt habe essen können, und des Brummens und Zankens sey kein Ende gewesen; die junge Mamsell sey aber immer freundlich geblieben; beim Einsteigen habe der eine Bediente, der alle Hände voll gehabt, ein leeres Arzeneiglas fallen lassen, was natürlich entzwei gegangen sey; darüber habe sich die Alte so erboßt, daß sie den armen Menschen, vor allen Leuten, auf das Gröblichste ausgeschimpft, und als dieser sich höflich verantwortet, ihn auf dem Flecke verabschiedet habe. »Da trat« fuhr die beredete Sprecherin fort, »die junge Mamsell heran, und nahm – wahrhaftig unschuldig, wie das Lamm Gottes selber, denn ich habe dabei gestanden und habe alles von Anfang an mit angesehen, – und nahm die Schuld auf sich und sagte, sie habe den Bedienten unversehens gestoßen und müsse und wolle daher auch das Glas gern bezahlen, und besänftigte dann den leidigen Drachen, daß von dem Verabschieden des Bedienten weiter keine Rede war. Unserm Hausknecht, der am Wagen mit unsern eigenen Stricken etwas fest zubinden gehabt hatte, gab der Geizteufel einen Groschen! natürlich wollte der darüber ein loses Maul haben, aber die junge Mamsell stopfte es ihm durch einen heimlich bittenden Wink; gab ihm von der Alten ungesehen, aus eigenen Börschen, in dem nicht viel Vorrath zu seyn schien, das Achtfache und schob die vorige kleine Gabe auf ein bloßes Versehen.«

Unterdessen hatte das Mädchen unsern Tisch gedeckt, der Director, der mittlerweile mit der Wirthin vom dürren Fuchse in der Küche conversirt hatte, kam mit dem prophezeihten Rindfleisch zugleich anspaziert, hieb in das kräftige Essen ein, wie ein Türke, knorpelte an der darauf folgenden braungebratenen Schweineschwarte, daß die Stücke davon rechts und links herum flogen, und schalt mich ein verwöhntes Leckermaul, daß ich nicht Gefallen finde an den ländlichen Saft- und Kraftgerichten des ehrenwerthen dürren Fuchses.

Die eben erhaltenen Mittheilungen hatten mir den Appetit verdorben. Wie konnte mir auf demselben Platze, an dem das engelhübsche Mädchen gesessen –– denn unter dem Vorwande wegen der Sonne hatte ich dem guten Director den schattigen Sitz abgetreten – ein Bissen schmecken!

5.

Ich gab, als wir wieder einstiegen, dem Hausmädchen unvermerkt einen Dukaten, und beschwichtigte die Vorwürfe, die mir meine Oekonomie über das verschwenderische Geschenk machte, mit der kalkulatorischen Auseinandersetzung, daß es ein Drittel für das eingebüßte Glas Chateau la Roze, ein zweites für die Aufwartung, und ein drittes und noch vielmehr für seinen Antheil an Strohhütchen, und für die mitgetheilten Nachrichten verdient hatte. Wie mancher Spion, wie mancher Gesandter wird weit reichlicher bezahlt, und ihre Berichte sind oft halb so viel werth, als – ja, eigentlich – viel Tröstliches hatte mir der dienstbare Geist des dürren Fuchses wohl auch nicht berichtet, aber es hatte mir doch gut gethan, von Strohhütchen sprechen zu hören. Mislaunig über die Ungerechtigkeit des Schicksals, setzte ich mich in meines Directors Erbchaise, und sah es gern, daß dieser, das dürre Fuchsdiner im Leibe, bald einschlief; war ich doch nun ungestört, um mit dem Himmel zu hadern, der tausend solcher armen unglücklicher Mädchen geboren werden läßt. um die schönsten Tage ihrer Jugend unter dem Eigensinne und dem grillenhaften Egoismus solcher alten, vom Glücke verwöhnten Xantippen zu verlieren. An der Seite dieser sechsspännigen Kreuzspinne konnte das holde Engelskind ja keine frohe Stunde haben. Wie einfach war die Skizze des Charakterbildes gewesen, die mir das Hausmädchen leicht hingeworfen, und welche rührende Züge hatten sich nicht darin verrathen! Strohhütchen setzt sich in die Sonne, und überläßt den kühlern Platz der Alten; *Kindliche Liebe*, – es vergißt den eigenen Hunger und füttert die Lieblinge der Gebieterin, *des Gerechten Erbarmen gegen das arme Thier; wohlgefällige Hindeutung auf das, was es einst als Mutter den Kindern seyn werde.* Es trägt fremdes Versehen. *Selbstaufopferung.* Es verwendet sich für den Schuldlosen; *freundliche Milde.* Es verhüllt den Fehler Anderer und giebt aus eigenen Mitteln, um die Ehre der Herrin nicht bloß zu stellen. *Zartgefühl, Anstrengung selbst über die Gränze der Pflicht; Takt für das Schickliche!* Bedurfte es denn noch eines Pinselstrichs, um das Ideal der lieblichsten Weiblichkeit zu vollenden? Doch, was half mir meine ganze Analyse, ich sah ja das Mädchen, das mich so wunderbar und ausschließlich beschäftigte, vielleicht in meinem ganzen Leben nie wieder! Unwillkührlich schloß ich die Augen, um mir vor dem Innern das reizende Bild mit unauslöschlichen Farben zu malen, als wolle ich es mir aufheben, um das Original wieder zu erkennen, auch wenn ich ihm nach Jahrzehenden wieder einmal auf meinem Lebenswege begegnete. O, ich hatte noch alles behalten, und zeichnete mir in das geheime Stammbuch meines Herzens den Schattenriß, wie das Mädchen leibte und lebte. Das Gesichtchen, – Titian hatte in allen seinen Meisterwerken kein schöneres Oval geliefert! Das sanftschmachtende Feuer in den großen himmelreinen Liebessternen; die feingewölbten Augenbrauen, das rosige Grübchen in der Lilienwange, der Perlenschmelz der kleinen blendend weißen Zähne, der Purpur der frischen Lippen, – das Reisehäubchen, das viel zu klein war, um die Ringelpracht des überall hervorquellenden seidenen Rabenhaars zu fassen und zusammen zu halten; der leichte übergeworfene Shawl, der viel zu schmal war, um den Elfenbein dieses Halses und die Fülle dieser weich gerundeten Achseln ganz zu verhüllen. Der schwarzseidene Mantel, der sich beim Abnehmen des Hutes, im schönsten Faltenwurf auseinanderschlug, so daß sich das Edle ihrer Figur, die schlanken Umrisse von Hüfte, Schooß und Taille, und den Schneeglanz der Schwanenbrust, auf einen Augenblick, verrätherisch enthüllten; die kleine Lilienhand, auf welcher der Kanarische Liebling schaukelnd sich wiegte, der wunderniedliche Fuß, dessen Spitze, während der andere auf dem Wagentritte stand, die Erde kaum berührte, das blüthenweiße Strümpfchen, das zierliche Knieband, dessen Zipfel von schäkernden Morgenlüftchen bewegt, die fein geformte Wade umspielten. – Ein ungeheurer Rippenstoß schob mich von meinem Zauberbilde weg; die schnarchende Justiz hatte das Gleichgewicht verloren und war mir so heftig auf den Hals gefallen, daß Mütze und Atzel mir zu Füßen purzelten. Ueber sich selbst lachend, brachte der alte Director seine Toilette wieder in Ordnung, lobte das Erquickliche eines solchen Nachmittagsschlafs, und die Vernünftigkeit unserer Vorspanner, die Schritt vor Schritt gefahren waren, und ihm das bischen Ruhe gegönnt hatten, stopfte sich seinen meerschaumenen Riesenkopf, und stellte mir, wie es schien, nicht unabsichtlich, nun eine kleine Bildergallerie des ihm befreundeten Floßinspectorhauses auf, in das er mich diesen Abend einzuführen gedachte. Das Haupt dieses achtbaren Familienkreises war die Frau: im Frühlinge ihres genußreichen Lebens Silberwäscherin bei Hofe, in der ganzen Residenz unter dem

Namen der schönen Silberchristel bekannt, hatte sie, nachdem ihr Sommer verflogen und ihre Reize zu herbsteln begonnen, ihre Hand des Directors vertrautesten Jugendfreunde, dem ersten Leiblakai gegeben, und dieser war, in dankbarer Freude, die leicht-löthige Silbermamsell mit Ehren unter die Haube gebracht zu sehen, mit dem Floßinspectorposten begnadigt worden. »Assessorchen« fuhr der Director, am Glücke seines heutigen Wirthes neidlos theil-nehmend fort, »unsere heilige Justiz bringt uns im ganzen Jahre nicht so viel ein, als diesem sein Floßkanal in einem Monate; die Stelle trägt, außer freier Wohnung, Garten und Holz, jährlich acht-hundert Thaler; das ist aber das Wenigste. Der Kanal, der Kanal ist die Goldquelle. Sehen Sie; erstlich hat er mit die Aufsicht über die Schleuse; jeder Schiffer, der durch will, muß bluten, und das thun sie gerne, denn er kann sie chikaniren nach Noten, und warten las-sen, so lange er will; um also bald durch die Schleuse befördert zu werden, bringt einer ein halb Ankerchen Wein, der andere ein Paar Fläschchen Syrup, der dritte ein Paar Pfündchen Kaffee, und die Schlingel können das auch, denn es kostet ihnen nichts, das prakti-ziren sie alles aus den Fässern und Kollis, die sie auf ihren Fahrzeu-gen geladen haben; die Kaufleute, denen die Waare gehört, büßen aber auch nichts dabei ein, denn die wissen schon, daß das nun einmal nicht anders ist, und schlagen daher dergleichen kleine Ver-luste auf den Verkaufspreis – Sehen Sie, Freundchen, so wäscht eine Hand die andere.«

Ein schreckliches Händewaschen, dachte ich im Stillen, und woll-te den Werth eines landesherrlichen Dieners mit reiner Hand, im Kopf und Herzen, meine Misbilligung solcher Ansichten und sol-chen Treibens, laut werden lassen, aber der Director ließ sich nicht unterbrechen; »zweitens« fuhr er fort, »und das ist die Hauptsache, zweitens macht er nebenbei ein ungeheures Holzgeschäft. Auf dem Kanal darf kein Mensch flößen, als der Staat. Das Etatsquantum des jährlich nach der Residenz zu flößenden Holzes beträgt 100,000 Klaftern; hier in den unermeßlichen Wäldern kostet die Klafter bis zur Ablage, anderthalb Thaler; in der Residenz, dreie. Er kauft hier für sich, jährlich 5,000 Klaftern, die schwimmen neben den Staats-klaftern sachtchen mit in die Residenz, dort hat er seine Abnehmer, die ihm, damit sie in seinem Interesse bleiben und das Maul halten, nur zwei Thaler zwölf Groschen bezahlen; folglich hat er jährlich eine kleine Nebenrevenüe von 5000 Thalern; seit zwanzig Jahren sitzt er hier an seinem Kanälchen; facit 100,000 Thaler, das stimmt wie Kirchenrechnung: und das erbt einmal Christinchen, das einzige Kind; hundert haben sich schon die Beine nach dem Mädchen abgelaufen, und funfzig davon mögen vielleicht diesem wohl allenfalls angestanden haben, aber die Mutter hat das Regiment, die hat die Welt kennen gelernt und alle Schulen durchgemacht; das junge Volk ist ihr alles zu windig, zu brausig und gesetzlos. Sie sieht es den jungen Leuten gleich an den Augen an, weß Geistes Kind sie sind, und da ist ihr für ihr Hunderttausendthaler-Christinchen keiner gut genug; er soll seyn douse und ernsthaft, kein Spieler und kein Säufer, sein auskömmliches Brod haben und ein Mann bei der Stadt seyn, das heißt, in Amt und Würden stehen. Wenn die Fants, die so die letzten Jahre her, seit Christinchen mannbar geworden, ein- und ausgeflogen sind, dem Mädchen die Kour gemacht, haben sie es bei der Mutter gleich verschüttet; sie sollen, meint sie, dem jungen Dinge kein dummes Zeug in den Kopf setzen, und vor allem verlangt sie, nicht gleich mit der Thür in das Haus zu fallen, sondern dem Mädchen im Anfange gar nicht meinen zu lassen, daß man Absichten auf dasselbe habe, damit die Eltern und die Tochter dem jungen Mann erst hinreichend kennen lernen; wer also einmal da sein Glück machen will, muß vor Allem die Mutter zu gewinnen suchen, dieser alle Aufmerksamkeit widmen und für Christinchen keine Augen haben.

6.

Da hatte ich ja meinen vollständigen Wegweiser in das Holz. Mein alter Director mogte es recht gut mit mir meinen, aber Strohhütchen steckte mir im Kopfe, und daher hatte ich in diesem für seine Zaunpfählchen, mit denen er mir winkte, keinen Platz.

»Das liebe Geld« sagte ich fast empfindlich, daß der Director dieses für das Hauptgewicht in der Waagschaale der Liebe halten könne, »das liebe Geld allein macht nicht glücklich, und wenn es noch dazu, wie hier der Fall ist, auf unrechtem Wege erwuchert ist, bringt es gar keinen Segen, obenein wohl noch Unglück!«

»Auf unrechtem Wege?« fiel mir der Director in das Wort, »da sehe ich so gar entsetzliches Unrecht wahrhaftig nicht; dem Kanale wird kein Härchen gekrümmt, ob jährlich 5,000 Klaftern mehr oder weniger verflößt werden, oder nicht; die Scheiter schwimmen still und ruhig neben einander, und keins fragt das andere, ob es dem Staate oder meinem guten Floßinspector gehöre. Der Generalfloßdirector weiß auch bestimmt darum, sieht der Sache aber stillschweigend durch die Finger, weil, sobald er das Wespennest aufrühren wollte, ihm bestimmt die Angegriffenen gerichtlich erweisen würden, daß er es, so lange er früher Floßinspector gewesen, nicht besser gemacht habe; und wer blos aus Ungewißheit über die Rechtlichkeit des Gelderwerbes und aus Furcht vor der Ungedeihlichkeit solches Vermögens kein reiches Mädchen heirathen wollte, müßte auf das Glück, ein Goldfischchen dieser Art in seinem Liebesnetze zu fangen, für sein ganzes Leben verzichten und sich vor allem Bäcker, Brauer, Schlächter, Armeelieferanten, Magaziniers, Fabrikherren, Gutsbesitzer, Kaufleute, und manche Klassen von Bankiers, als Schwiegerväter verbitten; dann wären unsere Brode nicht zu klein, unser Bier nicht zu dünn, unser Fleisch nicht zu theuer, hätten im Kriege nicht Pferde und Menschen gehungert, fielen nicht aus manchen Magazinvorräthen zehn Prozent in die Tasche der Verwalter, würden die Fabrikarbeiter und Bauern für ihre centnerschwere Arbeit nicht mit federleichtem Lohne abgefunden, würde nicht an manchen Waaren über die Gebühr verdient, und an manchen Geldgeschäften nicht unchristlicher Zins gewonnen; so könnten alle diese Menschen ihren Töchtern eben so wenig einen Pfennig mitgeben, als wir arme Hungerleider von Justizbedienten, die wir, ein Rindchen trocknen Brodes im Munde, strengheiligen Tugendengeln gleich, für allen Reiz irdischer Glücksgüter unempfänglich seyn, und Recht sprechen sollen über Menschen, die in der Regel viel weltklüger sind, als wir arme Teufel der pauvren Kirchenmaus Justitia. Nein, Herzensassessorchen, Ihre Ansichten mögen für einen Romanenhelden recht acceptabel seyn, für die Welt taugen sie keinen Pfifferling. Eine solche Ultramoral paßt in das idyllische Paradiesleben; in das wirkliche nimmermehr. Ihr seliger Vater war akkurat so, und was hat er hinterlassen? Nichts! Seine Domainenpachtung konnte ihn zum reichen Manne machen, aber wie er es anfing, hatte er kaum selbst das liebe Brod. Wer hieß ihn, den dummen Bauern die Frohndienste für ein Spottgeld erlassen? Kein Mensch. Anno 16, als der Scheffel Korn fünf Thaler galt, konnte er mit seinem Zinsgetreide einen ungeheuern Schlag machen; statt dessen gab er den Bauern Brot- und Saatkorn als Vorschuß, den sie bei der nächsten Erndte ihm in Natura wieder erstatten sollten, was hat er von der damaligen schönen Hungersnoth? Nichts! Was hat er auf Sie vererbt? Auch nichts!«

»Die Unbescholtenheit seines Namens,« entgegnete ich, die doch gar zu weltlichen Ansichten des Directors misbilligend, »die Liebe, die Achtung, die er sich bei allen seinen Gemeinden erworben, rechnen Sie die für Nichts? Die stillen Thränen, die ihm aus dem dankbaren Herzen aller derer in das Grab nachflossen, die er mit Gutthaten überhäuft hatte, hatten denn die im Getreibe der heutigen Welt allen Preis verloren? Ist denn die Freude der Menschen, die ihnen im nassen Auge glänzt, wenn sie von meinem Vater sprechen, der auch der ihrige war, nicht mehr werth, als ein kaltes, weit leuchtendes Marmormonument? Ist nicht schon das stolze Gefühl, der Sohn eines solchen allgemein geachteten Vaters zu seyn, für mich ein unschätzbares Erbth –?«

»Da muß doch das Donnerwetter zehnmahl dreinschlagen,« rief, als wir in diesem Augenblicke von der Chaussee rechts abbogen und den Feldweg einschlugen, der zur Wohnung des Floßinspectors führte, der kutschirende Vorspänner seinem hinten auf dem Packbrette klebenden Pflichtgenossen verdrüßlich zu, »da hat der große Reisewagen, der vorhin aus dem dürren Fuchse wegfuhr, auch hier den Weg eingeschlagen und uns mit seiner breiten Spur das ganze Geleise verdorben.«

Ich horchte hoch auf! Wohltönender hatte mir in meinem Leben kein Fluch geklungen, als der des bitterbösen Vorspänners; unsere alte Chaise fiel durch das zerwühlte Gleis aus einem Loch in das andere; ich segnete im Stillen jedes und schämte mich meines frühern blödsichtigen Verdrusses über den Seitensprung zum Floß-inspectorat, der mich, wie ich gewähnt hatte, des Glücks beraubte, Strohhütchen in meinem Leben je wieder zu sehen und der mich jetzt ihr gerade auf dem Fuße nachführte. Was aber wollte die Alte am Floßkanale? Wie kam sie hierher? Doch, das werde sich schon alles heute Abend noch aufklären, meinte ich, nahm mir vor, mit meinem Geschick nie wieder zu zürnen, sprang, als nach ächter Vorspannsweise einmal wieder an Strick und Riemen geknüpft und geflickt wurde, aus dem Wagen, versprach den Vorspänner heimlich ein Königliches Biergeld, wenn er die vier Gaule recht wacker auftreten ließe, und mußte mir ein Paarmal auf die Lippen beißen, wenn der Director, von der zartesten Liebe zu seinem vierrädrigen Erbstück befangen, mit dummen Vorspanneseln um sich warf, die auf der platten Chaussee gefahren wären, wie die Schnecken, und hier in dem Mordwege loslegten, als müsse der Wagen in tausend Stücke gehen. Wurzeln, Steine, Löcher, über alles flog die Kommissionskarrete prasselnd weg, im Gallopp jagten wir über die hohe Kanalbrücke und in gestreckter Karriere ging es jetzt bis zur Inspectorwohnung aus der uns Papa, Mama und Christinchen mit kreischendem Freudengeschrei und offenen Armen entgegen kamen.

Strohhütchen war nicht da!

Die rechte Hinterachse hatte einen Knacks bekommen, der Reifen am linken Vorderrade war gesprungen, der Langbaum war gespalten, der Vorspänner hatte dem Kamm aus den Haaren und dem Tabacksbeutel aus der Tasche verloren, alle vier Pferde keuchten, daß ich dachte, sie würden während des Ausspannens umfallen, ich war wieder um ein Paar Thaler ärmer geworden und Strohhütchen war nicht da!

7.

Was sollte ich unter den fremden Menschen, die sich in der mir so eben schmerzlich verpönten Freude des Widersehens einander abschmatzten und mit tausend Kreuz- und Queerfragen nach lauter mir unbekannten Leuten und Dingen sich gegenseitig bestürmten! Ich schlich mich, nach den ersten Begrüßungen, bei denen der Director mich als seinen Reisegefährten und als ein erzlustiges Haus vorgestellt hatte, höchst mismüthig und erzunlustig in den, vor der Thüre befindlichen Blumengarten und schmollte mit mir, mit dem Geschick, mit der ganzen Welt.

Auf einem, von Je länger je lieber und Jasmin rund umschatteten Rasenplatze spielte ein kleines, ungefähr dreijähriges Mädchen – wie ich später erfuhr, die Tochter einer, aus dem nächsten Städtchen zum Besuche gekommenen Beamtenfrau.

Dem Kinde mochte die Zeit so lang und leer werden, als mir. Es antwortete auf meine freundliche Frage: was es da mache, ein naives »Nichts« pflückte ein Paar Gänseblümchen, reichte sie mir mit einem treuherzigen »Da« und mit einem Gesichte, als ob es mir eine Welt schenke, und unsere Bekanntschaft war gemacht. Auf dem Bleichplatze, meinte es im Laufe des Gesprächs, gäbe es noch viel schönere Blumen; ich verstand den Wink und bat, mich dahin zu führen.

Daß das Kind mir vom Engel der Liebe gesendet worden, daß es mich leiten solle zum süßesten Genusse dieses Abends, wo hätte ich es ahnen können! Und doch mußte ein ganz entferntes Gefühl der Art mir in der Brust sich regen, denn ich ward von den Banden meines Mismuths gelös't, ich ward meiner Verstimmung Herr, ich ward heiterer, je mehr ich mit dem Kinde kos'te. »Ihnen ist das Himmelreich« hat der Heiland unser Herr gesagt, und ich fühlte, mein kleines trauliches Mädchen auf dem Arm, die Wahrheit dieses heiligen Wortes. Die Herzigkeit, mit der sich das Kind an mich, den Steinfremden anschmiegte, wie that sie mir so wohl; es schlang sein Händchen um meinen Nacken, und hörte die schönen Geschichten, die ich ihm erzählte, mit einer Aufmerksamkeit an, als wollte es sie auswendig lernen, und in der Spiegeltiefe seiner klaren, ehrlichen Augen lag ein so reiner fester Ankergrund von Glauben, Unschuld und Liebe, daß ich das kleine holde Wesen innig an mein Herz drückte und das Glück, ein solches Engelsbild sein Kind nennen zu können, zum erstenmale recht tief und lebendig fühlte.

8.

Wohl blühten auf dem Bleichplatze der bunten Wald- und Wiesenblumen viele Tausende; der Floßkanal glitt, die Sünden seines Inspectors schweigsam duldend, mit zahllosen Klafterscheiten bedeckt, langsam dem hohen Erlengebüsch zu, das unten die Matte begränzte; eine alte Frau begoß die endlos langen, über den frischen üppigen Rasen gespannten Stücke Leinwand, zwischen denen gelbe Kuhblumen und weißer Schaafkümmel und Butterblümchen sich lustig empor gedrängt hatten; und als das Wasser aus der Gießkanne in zarten Sprühregen auf die, von der Sonnenhitze des Tages, scharfgetrocknete Leinwand, sanft rauschend sich ergoß, da war es mir, als sehne auch ich mich nach gleicher Erfrischung und Kühle für das, in süßer Liebesgluth verschmachtende Herz.

Mein klein Hannchen, das in seiner himmlischen Gutheit die Stille, die mich auf einmal überrascht hatte, für eine vielleicht durch sich unabsichlich bewirkte Mißstimmung halten mochte, streichelte mir mit beiden Händen die Wangen, und drückte sein rosenknospengleiches Zuckermündchen auf meine Lippen und bat, ich solle nicht böse seyn, und wenn gleich das taubenfromme Surogatküßchen, das ich auf diese Weise bekam, noch lange kein Ersatz für den Kuß war, nach dem sich in dem Augenblicke, meiner selbst vielleicht unbewußt, meine geheimsten Wünsche in der Erinnerung meines heutigen Heiligenbildes sehnten, so that mir doch die weibliche Zartheit, mit der das Mädchen schon im frühesten Kindesalter des Mannes rauhe Unfreundlichkeit zu lindern sich bemühte und die Schuld meiner vermeintlichen Verdrüßlichkeit zu tragen glaubte, so wohl, daß ich es, um ihm auch wieder eine Freude zu machen, bat, bei der großen Bleichwanne, die bis an den Rand gefüllt dicht bei uns stand, einen Augenblick zu verweilen, an das Ufer des Floßkanals eilte, mir eine Hand voll Binsen und ein Paar Erlenzweige abschnitt, daraus eine ganze Heerde der zierlichsten Enten fertigte und diese, zum unaussprechlichen Jubel des Kindes, in die große Bleichwanne vom Stapel ließ. Meine Binsenentchen schwammen keck und gewandt auf dem ovalen Wasserspiegel unseres Bleichfasses umher; jetzt ordnete ich sie in Reihe und Glied, und nun wollten wir sehen, welches von der stattlichen Heerde, getrieben von den leisen Lüftchen des Abendwindes, das erste drüben am entgegengesetzten Ende der Wanne seyn werde. Hannchen bestimmte schon im Voraus der besten Schwimmerin ein Stück Zucker, und ich sah selbst mit stillem Vergnügen dem langsam beginnendem Wettlauf zu und stierte, den Athem an mich haltend, mit unverwandtem Blicke auf die kristallklare Wasserfläche, und auf dieser spiegelte sich, wie durch unbegreifliche Zauberei, ein Mädchenkopf, wie schöner ihn kein Maler gemalt, sanft schmachtendes Feuer in den großen himmelreinen Liebessternen, fein gewölbte Augenbrauen, in der Lilienwange ein rosiges Grübchen, im lächelnden Munde der Perlenschmelz kleiner blendendweißer Zähne, und auf den frischen Lippen des höchsten Liebreizes Purpurgluth; weder Hut noch Häubchen bändigten das seidene Rabenhaar, das, von blühenden Blumen durchflochten, auf den Marmorhals in leichten Ringellocken niederwallte, und an die jungfräuliche Schwanenbrust schmiegte sich ein liebreizendes Knäblein, das linke Aermchen um des Mädchens Liliennacken geschlungen, und den Blick und den Zeigefinger der kleinen rechten Hand auf meine schwimmende Heerde gerichtet. Die schönste Madonne mit dem heiligen Kinde im Arme! Vom süßesten Entzücken überrascht, flog mein Auge vom zauberischen Spiegelbilde auf und zu dem Original hinüber, und in der seligsten Verwirrung über das unerwartete Glück, Strohhütchen hier vor mir zu finden, und in der eiligsten Angst, den schüchternen Engel, der sich bey meinem Aufblicke schnell wendete und sich wieder entfernte, zum Stehen und Sprechen zu bringen, preßte ich mir in aller Geschwindigkeit die Frage ab: ob ihr auch ein Entchen gefällig sey. Ein kicherndes Spottgelächter einer vorüberziehenden Herren- und Damengesellschaft aber war meine Antwort, und schaambedeckt schlug ich mein Auge nieder in die Bleichwanne und sprach, um nur nicht aufzusehen, mit meinem kleinen Hannchen, und that, als ob diesem nur und keinem andern meine Frage gegolten habe. Ich hätte mich vor Aerger über mich selbst unter die Leinwandenden vor mir auf dem Bleichplatze verstecken mögen! Wie hatte ich nur den Kopf so gänzlich verlieren und das geistreiche Mädchen mit einer so albernen Frage anreden können! war es denn möglich, eine fadere, eine dümmere zu erdenken? Wie ausgezeichnet hatte mich mein Glückstern begünstigen wollen! Er führt mir das Mädchen selbst zu; er drängt es von der Gesellschaft zu der es gehörte, zu mir, und die Neugierde des Knaben, meine schwimmende Entenflotte zu sehen, gibt seiner holden Trägerin einen schicklichen Vorwand, sich mir zu nähern und die heute früh, über dem schwarzen Mohrenbilde angeknüpfte Bekanntschaft fortzusetzen. Das Natürlichste wäre gewesen, daß ich die beiden Kleinen durch mein Kunstwerk zu unterhalten gesucht hätte, ohne zu thun, als beachtete ich das schöne Mädchen im Geringsten, dann wäre die übrige Gesellschaft auch heran gekommen; ein Wort hätte das andere gegeben, ich wäre auf jeden Fall eingeladen worden, den Spaziergang mit ihnen gemeinschaftlich zu machen, und ich hätte in diesem Kreise, in Strohhütchens Nähe, einen Götterabend verlebt. Dort gingen sie hin! meine zauberholde Wundergestalt in der Mitte zweier jungen Herren. Scherz und Frohsinn schwebten über der eleganten Karavane! ich hörte sie aus der Ferne noch plaudern und lachen! vielleicht – wahrscheinlich – gewiß lachte man noch über mich und meine Entchen! Eins nach dem andern ging auf einem schmalen geländerlosen Steige über den breiten Kanal. Strohhütchen gab den Knaben an einen Bedienten und tanzte darüber! zwei muthwillige Fants traten auf die Bohle und wippten, daß sie hoch auf und niederschwankte. O – wär doch Strohhütchen in das Wasser gefallen – zehn Sätze, und ich wäre am Kanal gewesen, wäre hineingestürzt und hätte sie gerettet, aber keck und luftig schwebte sie über den Wasser, erhielt sich mit der zartesten Anmuth im Gleichgewichte und gelangte unter lautem Beifallshalloh der Umstehenden, an das jenseitige Ufer. Noch eine halbe Minute, und alle waren im Erlenwäldchen verschwunden, und auf meinem Bleichplatze, von dem auch die alte Bäuerin gegangen, war es einsam und still. Im benachbarten Dörfchen läutete es zum Feierabend und der sanfte Schimmer der untergehenden Sonne vergoldete die Wipfel der schlanken Erlen, die meinen schmachtenden Blicken die holde Zaubergestalt verbargen; hatte mich meine Eitelkeit nicht zum Besten, so – gewiß will ich es nicht behaupten, aber es ist mir so, als ob das süße Kind, ehe es in das Wäldchen getreten, sich noch einmal umgesehen, ob aber dieser Blick dem kleinen Knaben, oder mir gegolten – mit beiden Händen hatte ich mich auf den Rand der Bleichwanne gestützt; dicht vor mir war der Fleck, wo ich das reizende Madonnenbild im Wasserspiegel erblickt hatte; ich beugte mich herab, um die Stelle leise mit den Lippen zu berühren, um – nur wer in seinem Leben das schmerzliche Wehe ungestillter Liebessehnsucht gefühlt, wird die kleine Thorheit entschuldigen, – um das Mädchen Wunderhold im entschwundenen Bilde zu küssen, da drückte Hannchen, das mir gegenüber an der Wanne stand, im ausgelassenen Muthwillen kindischer Neckerei, mit beiden Händen mir rasch den Kopf in das Wasser, daß meine ganze Entenheerde, von der schnellen und gewaltsamen Bewegung des Wannenoceans scheu geworden, rechts und links auseinander stiebte, und ich, Mund, Nase, Ohren und Augen voller Wasser, aus dem unvermutheten Sturzbade auffuhr, weder hören noch sehen konnte, und über den tollen Streich des schäkernden Kindes das sich über mein Bruschen und Schütteln und Schnauben halb todt lachen wollte, am Ende selbst mitlachen mußte.

9.

Ueber die Heilkraft des kalten Wassers hatte ich früher einmal ein dickes englisches Werk[1] gelesen aber anschaulicher hatte sie sich mir nie erwiesen, als heute; Hannchen hatte mich mit ihrem Douchebade radikaliter kurirt; die Liebesgrillen, die mich den ganzen Tage geplagt hatten, waren verstoben und verflogen, wie vorhin meine Binsenenten; Hannchen bekam zum Recompens für ihren Schabernack eine ganze Tracht Wasser über das kleine Schelmengesicht und den milchweißen Nacken, und mit der rosigsten Laune kehrte ich, auf den uns aus dem Floßinspectorat herüberschallendem Ruf: »zu Tische!« mein Wassernixchen auf dem Arm, nach Hause.

---

[1] Wahrscheinlich Medical raports on the effects of Waters etc. II Vol.

10.

Strohhütchens Abschiedsblick im Herzen, und ihr unbeschreiblich reizendes Madonnenbild auf dem Bleichwannenspiegel vor der Seele, hatte ich für die bei der Tafel links neben mir sitzenden Christine kein Auge; ich nahm Theil am immer lebendiger werdenden Tischgespräche, ließ mir die zahllosen Gerichte, mit denen uns Mama Floßinspectorin regalirte, trefflich schmecken, trank aus Liebeskräften in den köstlichen Wein, von dem in steigender Progression hinsichtlich der innern Güte, immer eine bessere Sorte nach der andern entpfropft wurde, und gewann, ohne es zu wollen und zu ahnen, durch meine Gleichgültigkeit, gegen Christinchen und durch die Gerechtigkeit, die ich der Meisterküche der Mama und dem hochachtbaren Keller des Papas's widerfahren ließ, beider unbedingtes Wohlwollen; Hannchens Mutter fühlte sich für die Gesellschaft, die ich ihrer Kleinen auf dem Bleichplatze geleistet, mir verpflichtet, und entledigte sich ihres Dankes durch die ausgezeichneteste Freundlichkeit; der Herr Schleusenmeister mir gegenüber, wollte sich über meine Schnurren, wie er meine kurzweiligen Tischreden nannte, vor Lachen immer kugeln, die Ehrenfrau Schleusenmeisterin hielt meinem modischen Anzuge eine beifällige Lobrede; der Herr Oberfischverwalter meinten, daß ich gar nicht so wäre, wie die andern hochnasigen jungen Herren aus der Residenz; die Frau Oberfischverwalterin bedauerte zu wiederholten malen, daß ihr Sohn, der Geheime Hof-Jagd-Zeugwärter heute nicht hier sey, mit dem ich ganz ein Gespann seyn würde, und mein Director schmunzelte zu allen dem höchst gloriös, als ob er sagen wollte, daß er es sey, der diesen Oberhofspasmacher in das Haus eingeführt habe; Christinchen aber ließ kein lautes Wort von sich gehen, aß und trank wenig, verzog, wenn die andern vor Lachen platzen wollten, keine Miene, und schlug, wenn sie den schalkhaften Blicken der Gegenübers und Tischnachbarn begegnete, das Auge still verlegen auf den Teller nieder.

Zehnmal hatte ich schon fragen wollen, wer doch wohl die Gesellschaft gewesen sein mögte, die vorhin über den Bleichplatz gewandelt, und zehnmal, ob Niemand aus dem Kreise die ältliche Dame gekannt, die heute Nachmittag in dem großen Englischen Reisewagen hier vorbeigefahren; aber immer war es mir, als verrathe ich das Geheimniß meines Herzens, als müsse gleich Jedermann die Absicht meiner Frage errathen, die ich, das fühlte ich im Voraus, – mit der nöthigen Unbefangenheit nicht über die Lippen würde gebracht haben. Der Oberfischverwalter kam den Wünschen meiner Wißbegierde entgegen. Mitten im Lachen über unser fröhliches Tafelgespräch rief er aus: »da wette ich doch einen ganzen Zentner grüner Aale gegen eine Handvoll Karauschenbrut, daß die drüben in Schilferode mit ihrer alten Gräfin heute nicht halb so vergnügt sind, als wir hier.« Ich preßte mir die Gelegenheit ergreifend, schnell die Erkundigung nach dem genannten Schilferode und nach der erwähnten Gräfin ab, und hörte dann, daß jenes das benachbarte Rittergut sey, von dem der Schloßthurm sich aus dem Erlenbusch jenseits des Kanals erhob, daß der pensionirte General von Frohburg den Sommer über sich mit seiner Familie dort aufhalte, und daß die stadt- und landberüchtigte Gräfin Wurschen, auf der Reise nach ihren Gütern an der Gränze, heute dort zum Besuche angekommen sey.

Hanchens Mutter, die mir diese an sich völlig gleichgültig scheinenden Mittheilungen machte, wußte nicht, welches Feld von Aussichten und Spekulationen sie mir damit aufschloß; das Rittergut der Gräfin, Waitzenlinde, lag auf der Gränzlinie, zu deren Berichtigung mit dem Nachbarstaate der Justizdirector mit mir kommissarisch beauftragt war, bestimmt reiste sie jetzt dorthin, um den sie allerdings sehr nahe betreffenden Verhandlungen in Person beizuwohnen; unsere Geschäfte dauerten dort mehrere Tage, vielleicht Wochen; ich wohnte diese ganze selige Zeit über mit meiner Madonna Bleichwanniosa unter einem Dache, aß mit ihr täglich an einem Tische und schwelgte nun im Stillen in der Reihe überglücklicher Stunden, die ich in der Nähe dieses zauberischen Mädchens zu verleben gedachte; während dieser spekulativen Berechnung meiner wonnigen Zukunft, ergoß sich die ganze Tafelrunde in den bittersten Unmuth über das Treiben und Walten der alten Wurschen; da wußte doch jedes von ihr etwas Gehässiges zu erzählen; der Director versicherte, daß sie fast vor allen Gerichten des Landes beständig über mehr denn hundert laufende Prozesse schweben habe, von denen sie in der Regel keinen gewinne, und bestimmt alle verlöre, wenn die Gegner immer die Mittel dazu hätten, den Rechtsstreit durchzuführen. Fast in jeder Provinz des Reichs hätte sie eine bedeutende Besitzung, aber überall sey sie in Händel verwickelt, weil sie sich auf die schaamloseste Weise der widerrechtlichsten Mittel bediene, um ihr unermeßliches Vermögen noch immer mehr zu vergrößern. Einen Pächter mitten in der Pachtzeit außer Kontrakt zu setzen, weil er, bei günstigen Konjuncturen, nach ihrer Meinung zuviel verdiene, sey ihr ein Kleines; und einen andern, der bei ungünstigen, den Pachtschilling nicht zur Stunde berichtigen könne, ohne alles Erbarmen, auf dem Flecke vom Hofe zu jagen, ein eben so Leichtes. Hatte ich doch selbst einen Beitrag zu der eben nicht erfreulich klingenden Schilderung ihrer Prozeßsucht zu liefern, denn ich entsann mich jetzt aus den Jahren, als ich, um mich im Praktischen des Gerichtswesens einzuüben, bei einem der berühmtesten Advokaten in der Residenz, beim alten Justizrath Brummer, arbeitete, eines Prozesses, den ihr eigener Pfarrer gegen sie wegen einer Wiese führte, deren Nutzung auf jährlich 400 Thaler gerichtlich erwiesen war, und die sie ihm, unter dem nichtigen, mit keinem einzigen Beweismittel erhärteten, sondern lediglich aus der blauen Luft gegriffenen Vorwande, daß in früherer Zeit die Wiese dem Dominio gehört, daß sie vom damaligen Grundherrn, dem damaligen Pfarrer, aus persönlichem Wohlwollen, blos auf Lebenszeit überlassen, und von dessen Nachfolgern, daher misbrauchsweise benutzt worden sey, vor der Nase weggenommen, und seit zwanzig Jahren wie ihr Eigenthum angesehen, daß ich in diesem Prozesse selbst gearbeitet, und ihn fast bis zum Ende glücklich durchgeführt habe, vor dem Schlusse desselben aber von meinem Advokaten weggegangen sey, und daher nicht wisse, was aus der Geschichte geworden! »Oh!« fiel mir der Oberfischverwalter in das Wort, »mit dem Ende dieser Historie kann ich aufwarten; der alte Pfarrer hieß Ehrhard –« Christinchen schlug, als rolle ein schwerer Donner über sie weg, den Blick tief nieder und alle am Tische schielten unvermerkt auf sie – »ein kreuzbraver ehrlicher Mann; die Wiese gehörte zur Pfarre, wie die Nase hier zu meinem Gesichte; aber er konnte den Prozeß aus Mangel an Mitteln nicht fortführen, das Konsistorium, in dem die alte Gräfin auch ihre Freunde hatte, ließ ihn im Stiche und so benutzt sie heute noch die Wiese, auf der ein Gras wächst, wie lauter Sallat.«

11.

»Ist denn Lindchen noch nicht unter die Haube gebracht?« fragte der Director, und schob ein Stück Stachelbeerenkuchen in den Mund, daß ihm die Sauce aus beiden Mundwinkeln wieder herauslief.

»Wer soll da wohl die Kourage haben, anzuklopfen,« entgegnete der Herr Floßinspector. »Ein Prinz muß es wenigstens seyn; denn die Alte trägt die Nase gar hoch und hält das einzige Kind in überspanntem Preise.«

»Aber solcher Mädchen giebt es auch nicht viele,« sagte Hannchens Mutter, »erstlich kann die Tugend selber nicht tugendhafter seyn; wer Rosalindchen sieht, ohne es zu kennen, wird es bei seinem demüthigen Wesen, und bei seiner knechtischen Furcht vor dem Isegrimm, der gnädigen Mama, eher für deren Kammermädchen, als für eine Comtesse Wurschen halten; dann ist die junge Gräfin doch ohne alle Frage das schönste Mädchen im ganzen Lande; als ich sie das letztemal sah, ich denke doch wahrhaftig, ein lebendiges Marienbild steht vor mir; und endlich das grausamliche Vermögen von wenigstens einer Million, – liebster Herr Floßinspector, ein solcher Fisch ist selten. Junge Offiziere, vom Lieutenant bis zum Major, die sich alle einbildeten, ihr bischen zweierlei Tuch wäre ein Zaubermittel, dem keine weibliche Kreatur widerstehen könne, haben sich schon Körbe geholt zu Dutzenden, und von Civilisten hat es noch gar keiner gewagt, nur von fern hinzuhorchen.«

Also Gräfin!

Alle Träume, alle schmeichelnde Aussichten, alle geheime Hoffnungen! – sie waren mit einemmale geschwunden, mit ihnen meine Laune; ich eilte nach der endlich aufgehobenen Tafel zu Bette; in dieser von der wirthlichen Floßinspectorin hoch aufgethürmten Daunenwelt fand ich mein verlornes Glück wieder; was die kühnste Phantasie für unerreichbar hielt, verwirklichte mir diese glückliche Nacht; ein langjähriger Prozeß unsers landesherrlichen Hauses ward mir zur Führung übertragen; ich avancirte während desselben von Stufe zu Stufe und endlich, zur Belohnung meiner außerordentlichen Dienste, beim Ende des wichtigen Rechtsstreits, durch

den der Monarch eine unermeßliche Summe Geldes gewann, zum
Justizminister; die alte Gräfin Wurschen fand sich in meinem Antrage, ihre engelgleiche Rosalinde zur kleinen Excellenz zu machen,
höchlich geschmeichelt, und eben erklangen zur festlichen Brautpo-
lonaise, die der blutjunge Herr Minister mit der niedlichen Frau
Ministerin Excellenz aufzuführen im Begriff standen, vom hohen
Orchester herab, die Baßposaunen, als ich aus der Tiefe meines
Götterschlafs erwachte, und allmählig munterer geworden, zu meinem bittern Leidwesen bemerkte, daß der dicke Justizdirector meine vermeintliche Polonaisenposaune geblasen hatte, er schnarchte
in der Tiefe des allergrößesten Kontrabasses. Aergerlich über die
unwillkommene Störung in meinem Hochzeitballe und in den stil-
leren Freuden, die nach diesem meiner warteten, schloß ich meine
müden Augen wieder, und nicht lange darauf hörte ich Feuer
schreien; das ganze gräfliche Schloß zu Waitzenlinde stand in vol-
len Flammen; die alte Wurschen war sammt Bologneser und Nach-
tigallaffen schon zu Asche verbrannt, Rosalinde rang, nach Hülfe
rufend, die Hände zum Fenster hinaus; mit einem Muthe, den nur
die Liebe stählen kann, warf ich eine himmelhohe Leiter an die
glühenden Wände des Schlosses, erstieg die schwankende Leiter,
gegen welche die des Erzvaters Jakob ein Kinderspiel war, mit Blit-
zesschnelle umfaßte die kleine Gräfin, welche die Pracht ihrer tau-
sendfältigen Liebesreize mit dem in der Eile übergeworfenen Mor-
genmantel zu verhüllen, sich vergebens bestrebte, und brachte sie
die gefahrvolle Fahrt glücklich herab; schon auf der zwanzigsten
Sprosse gab die gerettete Dankbare dem kühnen Brautwerber das
Jawort der ewigen Treue, und auf der dritten von unten drückte ich
ihr unter dem Plätschern der Sturmfässer und unter den zischenden
Strahlen der Schlauchsprützen den Verlobungskuß auf die Lippen.
Übersüßt von der Würze dieses Honigmündleins durchschauert
von der Fiebergluth ihres brennenden Liebesblicks schlug ich die
Augen auf – da stand, von der Morgensonne beleuchtet, der dicke
Director vor dem Waschtische und goß aus einem zierlichen Porzel-
lainkruge sich frisches Wasser in das Becken, das war das Plätschern und das zischende Strahlen der Schlauchsprützen gewesen!
Verdrüßlich, von dem unwillkommenen Störenfried zum zweiten-
male entzaubert und in die wirkliche Welt geworfen zu sein, in der
die fünfundzwanzigjährigen Justizminister und die Verlobungen
auf den Feuerleitern zu den Fabeln der alten Wunderzeit gehören,

streckte ich mich in meinem weichen sibaritischen Lager lang aus, und wollte noch ein wenig zu schlummern versuchen, vielleicht, daß der Gott der Träume, der mich zweimal so schelmisch geneckt, mir doch noch beim dritten Zuspruch einen Weg zeigte, das unmöglich Scheinende möglich zu machen und Rosalindens Hand zu gewinnen; aber der unausstehliche Director trieb zum Aufstehen, meinte, wir hätten zehn Meilen heute bis Waitzenlinde zu machen, und hätten daher keinen Augenblick zu versäumen, sprach, wahrscheinlich, um mich schneller munter zu machen, von dem Götterleben, das wir auf dem gräflichen Schlosse führen würden, von dem unmenschlichen Keller, den der selige Graf vor langen Jahren dort angelegt, von der reichbesetzten Tafel, die wir dort zu erwarten, von dem paradiesischen Park, von dem geschmackvollen Gartenkabinet der jungen Gräfin, das aus dem Schlosse gleich in diesen Park führe, von ihrer sonstigen Gewohnheit, bis tief in die Nacht hinein in den weitläuftigen Parthieen dieses Feengartens allein zu lustwandeln, von ihren vorurtheilsfreien Standesansichten und von ihren, zum großen Aerger der alten adelstolzen Mutter, in seiner Gegenwart oft widerholten Aeußerungen, daß, wenn sie einmal heirathe, sie auf keine Konvenienz, sondern lediglich auf ihr Herz Rücksicht nehmen werde, und ich flog in die Kleider, jagte das bischen Frühstück hinunter und trieb mit ängstlicher Eile zum Aufbruch, denn der gesuchte Traumgott war mir ja wachenden Leibes erschienen – mein dicker Director war mein Schutzgeist. Das Schicksal hatte mich unwiderruflich mit Rosalinden zusammengeführt, ihr Scheideblick aus dem Erlenbusche hatte mir gegolten, o hätte ich nur das von dem fatalen Entchen nicht gesagt.

»Nu, Abschied müssen wir von unserm vortrefflichen Wirth doch wenigstens nehmen, sagte lachend der Director, als er meine dringende Hast bemerkte; am wenigsten dürfen Sie – ich darf – ich muß es Ihnen sagen, – am wenigsten dürfen Sie fort, ohne Christinchen ein freundliches Lebewohl gesagt zu haben; die ganze gestrige Gesellschaft ist einstimmig der Meinung, daß Sie, und kein anderer – lachen Sie nur nicht, die Sache ist wahrhaftig ernsthaft; die Aeltern haben Sie liebgewonnen, die Mutter ist ordentlicherweise in Sie vernarrt; Sie haben Ihre Rolle meisterhaft gespielt, für Sie war Christinchen so gut wie nicht da; kein Wort haben Sie mit ihr gewechselt, und als Christinchen späterhin kein Auge von Ihnen verwandte, thaten Sie, als bemerkten Sie es gar nicht; wie ich das Mädchen kenne, sind Sie mit Ihrem fröhlichen Sinne, mit Ihrem – Männer, wie wir, schmeicheln sich einander nicht, wenn sie zusammen über Gegenstände so wichtiger Art unter vier Augen sprechen – mit Ihrem gefälligen Aeußern, mit Ihrer feinen Tournüre, der Einzige, der im Stande ist, ihr die dumme Lieutenantsgeschichte aus dem Kopfe zu treiben.«

»Was für eine Lieutenantsgesch –?« wollte ich mit gespannter Neugierde fragen, aber der Director ließ mich nicht ausreden. »I da ist« fiel er mir in das Wort – »haben Sie nicht gemerkt, wie verlegen sie ward, als vom Pfarrer Ehrhard in Waitzenlinde die Rede war, der hat einen Sohn, ein junges, gewandtes Bürschchen; das studirte bis an den Hals, konnte wegen ermangelden Fonds das akademische Leben nicht fortsetzten, ging im letzten Kriege mit zu Felde, avancirte bis zum Lieutenant, und kam mit zwei tüchtigen Ehrenwunden bedeckt nach Hause. Schon während der Universitätsjahre hatte er mit Mamsell Christinchen geliebelt, dieses hatte ihm heimlich das Jawort gegeben, und jetzt kam er mit seinem Antrage um des Mädchens Hand förmlich angestiegen. An sich war an dem Musje nichts auszusetzen, er hatte sich im Felde brav gehalten, genoß die Achtung seiner Kameraden und war unbescholten in Sitte und Wandel. Aber, lieber Gott, ein blutarmer Lieutenant wollte den Eltern nicht munden. Geradezu konnte und mochte man den Patron nicht vor den Kopf stoßen; es hieß also, daß man im Allgemeinen gegen die Verbindung der jungen Leute nichts einzuwenden habe, aber, da Christinchen ohne hin noch sehr jung sey, wünsche man, daß sie so lange ausgesetzt bleibe, bis der Herr Lieutenant Ehrhard zum Kapitain avancirt wären; dieser hatte bis dahin noch sieben Vorderleute, hoffte in längstens zwei, drei Jahren am Ziele zu seyn, und fügte sich in den unbiegsamen Entschluß der Eltern. Nach der Beschwichtigung dieses ersten Sturms, fing die Mutter an, heimlich zu kabaliren; sie machte dem Regimentschef durch die dritte, vierte Hand bemerklich, daß Ehrhard der einzige Bürgerliche in seinem Offfziercorps sey; mit einer, auf den rechten Fleck gelegten nicht unbedeutenden Geldsumme unterstützte sie ihre Wünsche, und diesem kam eine Unpäßlichkeit, eine Folge der Kriegsstrapazen, die den armen Teufel gerade während der Exerzierzeit länger, als ein Vierteljahr dienstunfähig machte, recht willfährig entgegen. Wegen fortwährender Kränklichkeit, wie es in der Ordre hieß, ward er zur vierten Invaliden-Kompagnie nach Krüppelwalde versetzt, und nun ist die Mutter ihres Versprechens so gut als los und ledig, denn ehe seine Vorderleute, lauter eisenfeste, ausgepichte Soldatenmagen, das Zeitliche segnen, vergeht ein halbes Jahrhundert. Die ganze Geschichte hat mir gestern Abend noch der Oberfischverwalter gesteckt, und jetzt ist mir auch erklärlich, warum Christinchen, als es hörte, wie freundlich Sie sich des alten Pfarrers angenommen, Ihnen auf einmal so zugethan schien und mit wohlgefälligem Blicke auf Ihnen fortwährend verweilte. Sie haben das Mädchen weg; greifen Sie zu; 100,000 Thaler findet man heut zu Tage nicht leicht auf der Straße; die Ausstattung wird fürstlich, und an dem Mädchen selber ist nichts auszusetzen; Sie kommen, – die Alte hat noch aus der Hofzeit ihre Konnexionen – Sie kommen in das Ministerium, und bei Ihrer Jugend und Ihrem Fleiße, sehe ich Sie, wenn ich es erlebe, noch einmal als unsern Herrn Justizminister. Unser jetziger hat auch klein angefangen und war gleichfalls bürgerlicher Abkunft...«

Da hatte ich ja meinen Traum! Was mir die vom gestrig glühenden Burgunder und vom überweichen Daunenbette durchhitzte Seele in dieser Nacht vorgeschwindelt hatte, reihte mir hier, wachenden Auges, mein Director an das Fädchen der natürlichsten Wirklichkeit; meinen Einwand, daß jedes Buhlen um Christinens Hand ein Bubenstück gegen den armen Ehrhard sey, beseitigte er durch die Betheuerung, daß dieser, solange er nicht Hauptmann sey, das Mädchen nun und nimmermehr erhalten werde; das arme Ding gräme sich heimlich das Leben ab, folglich thue der, der den unglücklichen Invaliden-Lieutenant ihr aus dem Herzen schaffe, und von diesem fröhlich und in Gottes Namen Besitz nehme, ein wahrhaftiges Christenwerk. Doch, er predigte tauben Ohren; Gräfin Rosalinde hieß mein stolzes Ziel.

12.

Beim Abschied bemerkte ich im Stillen, daß der Director in dem, was er von dem Wohlwollen des Hauses gegen mich vorhin gesagt, nicht ganz Unrecht haben mochte. Vater und Mutter drangen auf mein Versprechen, recht bald wieder zu kommen, und Christine reichte mir mit freundlicher Wehmuth die Hand und lispelte leise: das sie ihre Bitte mit der ihrer Eltern vereinige. – Ja, der Gram unglücklicher Liebe muß ein ungeheurer seyn! Jetzt verstand ich erst die Züge dieses interessanten Gesichts, das ich gestern ganz übersehen hatte. Bleich, wie eine geknickte blasse Rose, in der Blüthe ihrer Jugend verwelkt, still und muthlos stand das gebeugte Mädchen vor mir; ich benutzte den Augenblick, daß Vater und Mutter mit dem Director unsern Wagen mit Eßwaaren und Flaschen bepackten, als sollten wir eine Reise um die Welt antreten, mich Christinen mehr zu nähern, und äußerte einen kleinen Zweifel in die Aufrichtigkeit ihres gütigen Wunsches, mich bald wieder hier zu sehen, weil sie gestern den ganzen Abend so still und antheillos neben mir gesessen, daß ich gefürchtet, unsere laute Freude sey ihr zuwider gewesen. »Das ist so meine Weise,« sagte sie sich entschuldigend, mit sanfter Stimme; »suchen Sie in meiner gestrigen Stille ja keine Misbilligung Ihrer herrlichen, neidenswerthen Laune, ich preise die Menschen selig, die so heiter und lebensfroh seyn können, als Sie; der fröhliche Mensch soll ja in der Regel immer auch ein guter seyn; und dieser Satz bewährte sich von Neuem an Ihnen. Ihre Herzensgüte« – sie stockte verlegen, und ward roth und röther: es war, als wollte sie gern, als müßte sie etwas sagen, und wußte nicht recht, wie sie es herausbringen sollte.

»Was wissen Sie denn von der?« fragte ich halb lachend leicht hin, um ihr das Reden leichter zu machen.

»O, ich kenne Sie länger, als Sie vielleicht glauben und – setzte sie mit niedergeschlagenem Auge ernster hinzu, – und das von sehr achtungswerther Seite; die Familie von der Sie gestern Abend sprachen, segnet Sie heute noch für das viele Gute, was Sie mit so seltener Uneigennützigkeit an ihr gethan. Wenn es Ihnen einmal gut geht in der Welt, und das wird es gewiß, denn Sie sind dessen ja werth, so sehen Sie es als Gottes Segen für die menschenfreundliche

Milde an, mit der Sie sich jener Unglücklichen, schuldlos niederge-
tretenen –« sie wollte weiter sprechen, aber sie vermochte es nicht,
denn die Stimme versagte ihr unter dem Thränenstrom, der ihr aus
dem Herzen heraufquoll; doch sie that sich mit sichtbarer Anstrengung Gewalt an und fuhr mit gepreßter Stimme fort: »Die Fügun-
gen des Schicksals sind oft wunderbar; vielleicht können Sie noch
helfen, vielleicht noch durch Rath und That gut machen, was Vor-
urtheil und falsche Ansichten böse gemacht haben, dem Zagenden
Trost geben und dem Verzweifelnden den Glauben an Gott und die
Menschen wieder gewinnen – werden Sie nicht müde in Gutes
thun, verschließen Sie nicht Ihr edles Herz der bescheidenen Bitte
nun –« die Eltern kamen mit dem Director zurück, Christine eilte,
tief bewegt, mit nassen Augen in das Seitenzimmer ab; Alle drei
frugen nach Christinen; in meiner Erwiederung mußte ich meines
Mitgefühls ihrer bedrängten Lage nicht ganz Meister gewesen seyn;
alle dreie verstanden meine ernste Stimmung falsch; in ihren sich
einander begegnenden Seitenblicken lag eine Art von Vermuthung,
daß es zwischen uns beiden zur Sprache gekommen und daß die
Sache unter uns so gut als richtig sey.

Sonderbar, daß die Eltern, die in ihrer Jugend doch auch einmal
geliebt haben, so selten das Herz ihrer Kinder verstehen! Daß das
der armen Christine gebrochen, ahneten sie nicht und meinten in
ihrer Verblendung, daß dieses fest besonnene Mädchen ihren Ge-
liebten vergessen und mit dem ersten dem Besten in zehn Minuten
ein neues Liebesbündniß anknüpfen könne; sie schienen sich ab-
sichtlich täuschen zu wollen, denn jedes unbefangene Auge konnte
hier – der Director unterbrach mein Selbstgespräch, mit dem ich
mich in meinem Wagenwinkel unterhielt, durch die amtliche Dar-
stellung der Hauptpunkte, auf die es bei unserm morgenden Kom-
missionsgeschäft ankomme; nach den höchsten Bestimmungen der
beiderseitigen Höfe, trennte die neue Landesgränze das Gräflich
Wurschensche Hauptgut Waitzenlinde von seinen Vorwerken und
Pertinenzien so, daß jenes uns verblieb, diese aber an den Nachbar-
staat fielen; die Besitzerin litt dadurch offenbar und beide Höfe
hatten sich vereinigt, sie dafür auf irgend eine Weise billigermaßen
zu entschädigen; die Ausmittelung dieses Vergütungsquanti hatte
ihre Schwierigkeiten und der Director setzte des Breitern auseinander, wie er auf eine recht fein ausstudirte Art die jenseitigen Kom-

missarien, wie er es nannte, behummeln, und ihnen den größern Theil des Entschädigungsbetrages aufhalsen wollte. Christinen in ihre alten Rechte auf den nicht invaliden Lieutenant wieder einzusetzen, dem alten armen Pfarrer Ehrhard zu seinem ihm von Gott und Rechtswegen gebührenden Wiesenrechte zu verhelfen und nächstdem Gräfin Rosalinde zu heir – nu, wenn ich mich auch zu diesem kühnen Flügelschlage der Phantasie nicht zu erheben wagte, – doch sie zu sehen, sie zu sprechen, ihr einigen Antheil, einiges Wohlwollen abzugewinnen, lag mir viel näher am Herzen, als die ganze trockene Gränzgeschichte; ich hörte – ohne eine Idee zu haben, wie nahe diese sogenannte trockene Gränzangelegenheit mit meinem Lebensglück verwandt sey, – mit halbem Ohre zu, – und nickte, von den juristischen und staatsrechtlichen Deduktionen meines Directors und von dem alten, zum Frühstücke fast im Übermaß genossenen Madera unsers Floßinspectors gewältigt, gegen Mittag sanft und selig ein, und überließ meinem verehrten Reisegefährten, sich unterdessen mit seinen Behummelungsplänen und seiner stänkerigen Freundin, der Pfeife, zu unterhalten.

15.

»Aber, Assessorchen,« rief der Director, seinen Ellenbogen in meiner Seite, »so kommen Sie doch endlich einmal aus Ihrem Dusel heraus; Sie haben den ganzen Nachmittag und den herrlichen Wald verschlafen, in dem die delikatesten Rehbraten herumliefen, wie die Schaafe, und die meilenlangen Teiche, aus denen riesengroße Karpfen ellenhoch heraussprangen, als sehnten sie sich ordentlich auf unsere gräfliche Tafel, und die unabsehbaren Wiesen, auf denen podolische Ochsen weideten, glatt wie die Schnecken, und blank, wie venetianische Spiegel; ein saurer Rinderbraten von solch einem fetten Prachtthiere – Herr, das Wasser läuft einem im Munde zusammen, wenn man so etwas sieht. Gott, wer nur zehn Magen hätte; hier wird kannibalisch gegessen werden. Den seligen alten Keller, wollte ich sagen, *den Keller* des seligen alten Grafen – bis auf den letzten Tropfen wollen wir ihn austrinken; nur sachtchen angefangen, Assessorchen, von den ersten Sorten immer nur genippt, die bessern kommen zuletzt! Wir wollen ein Leben führen, wie der liebe Gott in Frankreich; unter vier Wochen bringt mich hier kein Mensch weg. Sehen Sie, um Gotteswillen, hier rechts und links den Waizen. Roß und Mann können sich darin verstecken; so hoch und so üppig; das giebt ein köstliches Milchbrod; da unten am Bache die buntscheckigen Kühe im blumigen Grase! ich sehe schon die Saane morgen auf unserm Kaffee; die Lappen sind so dick, daß man mit der Zimmeraxt kaum durch kann. Hier im Park – wir fuhren eben in diese herrliche Anlage ein – qualme ich alle Tage mein Morgenpfeifchen. Sechs Wochen bleiben wir hier; wir wollen schon die Sache trainiren. Freund, was wollen wir mit den lieben Eßwaaren hier im Wagen; wir müssen uns wahrhaftig schämen, wenn die Bedienten kommen und das liebe Gut auspacken. »Hier, Kinder,« rief er den Vorspännern zu, und kramte alle Wagentaschen leer, und spendete die Rindszunge, den Spickaal, die Tauben, Kapaunen, den rohen und gekochten Schinken, die Preßwurst und den geräuchertem Rheinlachs mit beiden Händen aus, – »da, thut Euch eine Güte, verzehrt's auf meine Gesundheit. Seht, Assessorchen,« fuhr er, die freigebige Rechte auf eine viertelstundenlange Reihe von Glasfenstern gerichtet, fort, »das sind die Treibhäuser! Blutpfirsichen habe ich da drinne wachsen gesehen, wie die Kindesköpfe groß; Ananas essen wir, wie Kohlrabi, und die Apfelsinen tröpfeln wir in den Champagnerpunsch. Nehmt Euch mit den Arbeiten nur Zeit und püffelt nicht so horribel, wie gewöhnlich; wir haben, wenn wir es recht anfangen, acht Wochen hier zu thun; da – da« schrie er, als wir links in eine große hundertjährige Allee einbogen, »da ist das Schloß« und vor uns lag ein Pallast im edelsten Styl gebaut, und all seine zahllosen hohen Fenster von oben bis unten glänzten in den Strahlen der Abendsonne, wie mit rothglühendem Golde übergossen; der Director schlug sich vor Freuden mit beiden fetten Patschchen auf den Bauch, mir aber klopfte das Herz in der Brust, denn die Schwingen meiner romantischen Phantasie, die mich zu Rosalindens Höhe hinauf gehoben hatten, wurden hier, vor der Größe ihrer Herrlichkeit mit einemmale flügellahm; ich schämte mich meiner kindischen Träumerei, und hätte viel darum gegeben, zehn Meilen weit weg zu seyn, um dieses für mich doch immer und ewig unerreichbare Zauberkind, nie – nie wieder zu sehen.

Unsere Vorspänner jagten auf der mit Hammerschlag belegten Chaussee, wie toll und thöricht auf das Schloß zu, und klatschten zu des Directors Gaudium und meinem großen Aerger, alle viere von Sattelpferd, Bock und Packbrett mit ihren Peitschen, als brächten sie eine Heerde Moldauer Schweine; die alte Erbchaise donnerte über die Brücke des Schloßgrabens, durch das lange überbaute Thor, in den mit breiten Quadersteinen gepflasterten Hof, und ein ganzes Heer goldbetreßter Lakaien, den Kammerdiener oder Haushofmeister an der Spitze, eilte vom Portal herab uns entgegen; dieser aber nahm das Wort, und bat im Namen der Frau Gräfin Erlaucht um Entschuldigung, wenn es Höchstihnen, wegen der vielen Gäste, welche Ihre Erlaucht mit ihrem Besuche beehrt, und sämmtliche Fremdenzimmer bereits in Beschlag genommen, diesmal unmöglich sey, den Herrn Justizdirector sammt dem Herrn Konkommissarius in ihrem Hause zu beherbergen.

Der Director fiel aus all seinen Himmeln so plötzlich, daß ich wahrhaftig glaubte, der Schlag hätte ihn auf der Stelle gerührt; die Pfeife war ihm, im engsten Verstande des Worts, total ausgegangen, all sein Blut stieg ihm zu Kopfe, er konnte keine Sylbe sprechen.

»Unsere Absicht« antwortete ich daher dem höflichen Impertinenten, der sich kaum des Lachens enthalten konnte, »war auch gar

nicht, der Frau Gräfin beschwerlich zu fallen; wir fuhren nur sogleich vor, um uns zu erkundigen, ob die Frau Gräfin und die ge-
genseitigen Herren Kommissarien bereits eingetroffen, um in diesem Falle sogleich, und vielleicht heute noch, unsere gemeinschaft-
lichen Arbeiten anzufangen, und haben uns übrigens unser Abstei-
gequartier bereits bei einem alten Freunde von mir, bei dem Herrn
Pfarrer bestellt.«

Die andern Kommissarien waren, wie der Haushofmeister erzählte, schon seit acht Tagen hier, die Frau Gräfin aber erst vor einer
halben Stunde angelangt, und auf jeden Fall von der Reise noch zu
sehr angegriffen, um heute noch unsere Aufwartung anzunehmen.

»Auf die Pfarre nun« rief ich zum Wagen heraus, und so traten
wir unsern noch ziemlich mit Ehren gedeckten Rückzug an. Mir
fielen tausend Mühlsteine von der Seele, als ich die Brücke wieder
im Rücken hatte und den Leuten aus dem Gesichte war; der Director aber rang aus dem Wagen hinaus die Hände und schimpfte das
Blaue vom Himmel herunter. »Zwei Regimenter will ich in das
Schloß legen,« rief er im lautesten Unmuthe, »und die Frau hat für
uns keinen Platz darin! aber die fremden Herren Kommissarien –
die haben ein Unterkommen finden können, und hausen schon acht
Tage hier! i, so wollte ich doch, daß einer noch heute in der Nacht
das verwünschte Schloß an allen vier Ecken anzündete. und die alte
Hexe mitten darin zu Pulver und Asche verbrennte.« Ich bat ihn,
vor dem Vorspännern und seinem Bedienten nicht so vermessene
Reden zu führen und erschrak selber darüber, denn ich hatte ja in
voriger Nacht das ganze Schloß schon brennen gesehen, aber in
meinem Traume hatte es ganz anders ausgesehen, wie hier. Jetzt
hätte das Feuer lichterloh aus allen Fenstern schlagen können; ich
hätte keine Leiter angesetzt, so entzaubert war ich von den süßen
Träumereien meiner letzten vier und zwanzig Stunden.

Wie gut war es, daß ich mir hier durch frühere Dienstfertigkeit
einen Bekannten gewonnen hatte, der uns aus unserer beschämen-
den Verlegenheit retten sollte. Wir hielten jetzt vor dem Pfarrhofe
meines ehrlichen Ehrhard, und erhielten auf meine, durch unsern
Bedienten hinein gesandte Anfrage, ob wir für Geld und gute Worte
auf einige Tage bei Sr. Wohlehrwürden ein freundliches Unterkommen uns erbitten dürften, eine beifällige Antwort. Die Pfarrfrau

empfing uns mit ungezählten Knixen in der Hof-, der Ehrenprediger in der Hausthür. Ein neuer Irrthum; das war nicht mein alter Ehrhard, sondern sein Nachfolger; jener war vor anderthalb Jahren schon schlafen gegangen und ruhte, wie sein Wiesenprozeß, bis zum jenseitigen großen Morgen, an dem über manches Ungerechte gerichtet werden soll vom allgerechten Richter des Weltalls.

Des armen Dorfpriesters enges Studirstübchen war unser beiderseitiges Schlaf-, Speise-, Gesellschafts -, Audienz- und Arbeitszimmer; ein zuckerarmer Eierkuchen mit sauerm Saanensallat, unser Abendbrod.

Der Director wollte sich aus der Atzel die Haare ausraufen, so aufgebracht war er über die abscheuliche alte Wurschen, und daß er seine herrlichen Speisevorräthe so verschwenderisch weggeworfen, meinte er, sich in seinem letzten Stündlein noch nicht vergeben zu können. »Die Bauerlümmel werden nicht einmal unsere Delikatessen zu schätzen wissen,« schrie er, in unserm kleinen Studirkäfich auf- und abgehend, »was nützt der Kuh Muskate; denen ist ein Stück Speck mit Mehlklößen lieber, als unser Rheinlachs und unsere Trüffelwurst, und während die Kerle in unsere Mandeltorte einhauen wie die wilden Eber, sollen wir uns hier am jämmerlichen Eierkuchen vergnügen; die saure Saane geht mir im Leibe herum, wie ein knurrendes Ungethüm; bin ich morgen wieder zu solch einem gottesfürchtigen Pfarrgericht verdammt, so tragen sie noch in dieser Woche den abgehungerten Justizdirector mausetod zum Hause hinaus.« Er setzte sich in der Bosheit die ganze Nacht hin, und arbeitete fast bis am hellen Morgen; in drei Tagen längstens wollte er hier mit dem ganzen Geschäfte fertig seyn; dann müßten auch die andern Herren Kommissarien von hier wieder aufbrechen, und diesen ihr Götterleben auf dem Schlosse abzukürzen, war seiner Rache ein süßer Gedanke.

14.

Wir hatten uns am folgenden Morgen kaum angekleidet, als uns einer meiner Universitätsfreunde, der junge Graf von Weidenheim, mit seinem Besuche überraschte; er erinnerte sich mit zarter Dankbarkeit eines kleinen Liebesdienstes, den ich ihm damals geleistet hatte, wie ihm einst zwei Pferde mit dem Wagen durchgingen, denen ich in den Zügel gefallen war, und nannte mich dafür heute noch den Retter seines Lebens und sich meinen ewigen Schuldner; jetzt kam er vom Schlosse, lud uns im Namen der alten Wurschen für heute Mittag zur Tafel ein, und erzählte mir im Laufe des Gesprächs, daß er zu einem auswärtigen Gesandtschaftsposten bestimmt sei, und sich hier Gräfin Rosalinde zu seiner kleinen Gesandtin erkohren habe. Vorgestern Abend noch hätte ich ihn aus Eifersucht umbringen können, heute hörte ich die Nachricht sogar mit beyfälliger Gleichgültigkeit an, so wandelbar ist der Mensch in seinen Ansichten und Gefühlen. So lange ich die wunderschöne Rosalinde für ein Wesen meines Gleichen gehalten, so lange hatte ich mir die Möglichkeit geträumt, aus dem Zauber, in den mich ihr Liebreiz versetzt hatte, kühne Hoffnungen für meine Zukunft herzuleiten; so bald ich aber von der Standeskluft zwischen uns beiden unterrichtet worden war, hatten sich diese Träume allmählig verloren und je näher ich ihr gekommen, desto mehr hatte ich die Unübersteiglichkeit dieser Kluft kennen gelernt, desto mehr hatte die Vernunft ihre Rechte über das Herz wieder geltend gemacht, und desto ruhiger hatte ich über die Lächerlichkeit meiner Verirrungen nachzudenken mich gewöhnt, und während dieser stufenweisen Herausarbeitung meiner Selbst, hatte sich die rasch emporgeschlagene Loderflamme meiner Leidenschaftlichkeit abgekühlt. Der junge Graf war einer der liebenswürdigsten seines Standes, ganz der alte fröhliche unbefangene Mann, der er sonst war, gesund an Leib und Seele, von sehr einnehmenden Äußern, und von einer beispiellosen Herzensgüte; ich hätte keinen gewußt, dem ich die reizvolle Rosalinde lieber gegönnt hätte, und so stattete ich ihm mit ziemlich aufrichtiger Theilnahme, meine Glückwünsche ab.

Durch die Erinnerungen unserer akademischen Jugendzeit traulicher geworden, ließ sich der Graf späterhin über die Eigenheiten seiner künftigen Schwiegermutter nicht undeutlich aus, und kam dann auf die bevorstehende Gränzregulirung, über welche sie so wüthend sey, daß sie bereits erklärt habe, die ganze Herrschaft Waitzenlinde eher verkaufen, selbst verschleudern zu wollen, ehe sie zugebe, daß die neue Gränzlinie mitten durch ihre Güter gezogen werde; da er nun die Überzeugung habe, daß beide Höfe, ihrer Marotten wegen, keine andern Gränzbestimmungen treffen würden, ihm aber an der Behaltung dieser großen schönen Herrschaft viel gelegen sey, so habe er bereits einen dritten, den Baron Seiferdingen an der Hand, der in seinem Nahmen Waitzenlinde kaufen und es, nach abgeschlossenem Handel mit der alten Wurschen, an ihm abtreten werde; damit also keine fremde Kauflustige sich eindrängen, bäte er, auf die Theilung der Güter nur recht fest und bestimmt zu bestehen, in der ersten Hitze des Ärgers schlüg die Gräfin dann das Gut gleich los; Seiferdingen, der als sein Reisegesellschafter sich auf dem Schlosse bereits befinde, trete dann sofort vor, und der Handel wäre abgemacht, ehe ein Fremder daher ein Wort erführe.

Dem Director war dieß eine willkommene Gelegenheit, sein Müthchen an der ungastlichen Gräfin zu kühlen, und er versprach halb in Scherz halb in Ernst, die alte Erlaucht bis zum Stick- und Schlagfluß zu ärgern.

15.

Je näher die Mittagszeit kam, desto bänglicher ward mir um's Herz. Was sollte ich, von meiner Thorheit kaum geheilt, da oben auf dem Schlosse! das Ideal meiner Phantasie, die wunderliebliche Rosalinde in den Armen eines Andern zu sehen, Zeuge ihrer bräutlichen Scherze und Tändeleien zu sein, ihre kosenden Neckereien, ihren schmachtenden Blick, den süßen Kuß ihrer schwellenden Rosenlippen – nein, nein, nein! ich schützte Kopfschmerz vor, und beschloß, zu Hause zu essen; unsere gute Pastorin, welche gehört hatte, daß wir auf dem Schlosse speisen würden, und auf mein Mittagbrot daher gar nicht eingerichtet war, entschuldigte sich, wenn sie mir in der Geschwindigkeit nichts anders, als arme Ritter vorsetzen könne; ich hätte mit trocknem Brod vorlieb genommen! aß ich dieß doch in Ruhe und ungestörtem Frieden.

Der Director steigerte seinen Antheil an meinem vorgeblichen Übelbefinden bis zum Mitleid; er gab mir die besten Worte, daß ich mitgehen solle, begriff nicht, wie man um eines bischen Kopfschmerzes willen ein solches Mittagbrod, ein gräfliches Diner aufgeben könne, behauptete, daß mein ganzes Übel vom leeren Magen, vom gestrigen magern Eierkuchen und von dem vermaledeiten Saanensallat herrühre, von dem ihm heute Morgen noch hundeschlimm gewesen sei, tröstete mich, daß mir, wenn ich recht tüchtig gegessen, viel besser sein werde, und brummte mir, als all sein Zureden vergeblich war, im Abgehen ein verdrüßliches »wem nicht zu rathen, ist nicht zu helfen« zum Abschiede.

Nach einer Stunde, als ich meine frugalen Ritter schon bezwungen, und in der dunkelschattigen Laube im Pfarrgärtchen Kaffee trank, traf der gräfliche Laufer vom Schlosse, mit einem Billet vom Director ein, in dem dieser mich ersuchte ihm mehrere auf den hiesigen Gränzpunkt Bezug habende Papiere zuzusenden; Postscript schrieb er: »Wie haben Sie sich im Lichte gestanden, Assessorchen! wir werden fürstlich essen und königlich trinken. Als ich vor der Kirche vorbeiging, dampften mir eine Menge Wohlgerüche entgegen, daß ich vor Freuden beinahe in Ohnmacht gesunken wäre; Bayonner Schinken in Burgunder gekocht, neue Heringe mit jungen Bohnen, einen feinen Rehziemer, Erdbeereis und ein delikates

Spritzgebäckniß habe ich schon herausgerochen; im Speisesaal durch den mich der Herr Gesandte zufällig führte, stand die Tafel in der zierlichsten Ordnung; neben jedem Kouvert zwei blanke schlanke Flaschen; um jede hing an einem silbernen Kettchen ein weiß emaillirtes Schild mit dem Namen des Götterweins; die schönsten Kolliers in der Welt sind diese niedlichen Schildchen; auf dem Schenktische bemerkte ich, kraft eines rundum geworfenen Seitenblicks, hohe Champagnergläser vom reinsten Krystall; in den alabasterweißen, künstlich gebrochenen Servietten staken nach der alten Mode Zettel mit dem Namen der Gäste, damit jeder ohne lange Komplimente und Umstände gleich seinen Platz finde; der Ihrige war neben der jungen Gräfin Rosalinde! Das ist ein schönes Stück Fleisch, eine scharmante Person; so recht, wie für mein Assessorchen zur Tischnachbarin geschaffen. Wünsche guten Appetit zu Ihren armen Rittern.«

Dreimal las ich, nach Abfertigung des Laufers, das verwünschte Postscript durch. Neben ihr hatte ich sitzen sollen! hatte sie das gekartet? Ein schönes Stück Fleisch nennt sie der Director! eine scharmante Person! Gott, wie gemein, wie nichts sagend! – ich hätte doch sollen mit auf das Schloß gehen! was mußte sie von mir denken! bestimmt hielt sie mein Ausbleiben für alberne Blödigkeit, für Scheu vor der Gesellschaft der höhern Stände, für – ach, ich wußte selbst nicht, wofür ich es jetzt auslegen sollte. Aus seinem schwelgenden Überflusse wünschte mir der boshafte Mensch, der Director guten Appetit, zu meinen armen Rittern; war ich doch selber der ärmste aller fahrenden Ritter.

16.

Aus Unmuth und langer Weile blätterte ich in einer alten Hauspostille auf alle Tage im Jahre, die ich mir aus des Pfarrers Studirstübchen mit in die Laube genommen, ich schlug den heutig Tag auf, an diesem war dem andächtigen Leser auseinandergesetzt, wievielerlei Kreuze ein frommer Christ zu tragen habe; es waren deren zu meinem Schreck an die dreihundert. Das deine findest du doch nicht drinn, sagte ich still lächelnd zu mir selbst, kann ich mir doch selber kaum beschreiben, was mich drückt und auf mir lastet; und doch kam mir hier manches Kreuz vor Augen, was so ziemlich auf mich paßte; als da war 1) das Kreuz des Hungers, denn ehrlich gesagt, an den armen Rittern hatte ich mich nicht recht satt gegessen; 2) das Kreuz in Liebesnöthen; dabei stand unter andern: »so ein rechtgläubiger Christ in solchen versiret, soll er darum nicht allen Muth verlieren, maaßen sich oft vielerlei anders gestaltet, als der Mensch gedacht; und ja zuweilen, wenn der Himmel auch noch so trübe, ein freundlich Sternlein sich hervorthut, ehe Jemand sich dessen versiehet;« 3) das Kreuz des übergroßen Glücks; mit folgender Bemerkung: »so wie das Gold das schwerste Metall, also drückt auch Glück, Reichthum, Ehre und Liebesguth in allzugroßem Maas, den Menschen am heftigsten und dergestalt darnieder, daß er es schier nicht tragen mag, und Gott den Vater bitten muß, daß er ihm Kraft verleihe gnädiglich, auf daß er nicht verschmachte.« Ich lachte fast laut auf über dieses heute zu Tage seltene Kreuz, und meinte, mit diesem wohl am ersten noch fertig werden zu wollen. Ich blinder, kurzsichtiger Mensch; ich stand in demselben Augenblick schon halb darunter. Peter, der jüngste Sprößling des überreichen Ehesegens in meines Priesters armen Hause, sprang in die Laube und schrie: »Rosalindchen bringt Ihnen Kirschen, einen ganzen Teller voll.«

Rosalinde? Kirschen! mir? ich fuhr, als brenne die Bank unter mir, von meiner alten Hauspostille auf, und schon stand das wunderholde Mädchen, in dem allerreizendsten Hausnegligee, ihren italienischen Strohhut am linken Arme hängend in der Rechten einen feinen Porzellainteller mit großen frischen Kirschen, vor mir in der Laube, verbeugte sich mit jungfräulichem Anstande und niedergeschlagenen Augen, wollte sprechen, hob den Blick, sah mich an, lächelte verlegen, und gerieth in die holdeste Verwirrung, als ich ihr, von meiner Überraschung noch nicht wieder zu mir selbst gekommen, auf den Teller deutend, entgegen rief: »mein Gott, Ew. Erlaucht haben sich selbst inkommodirt –«

»Meine Mutter« begann das engelschöne Kind, ich ließ es aber, aus eigener Verlegenheit, und in dem unglücklichen Bestreben, diese durch Reden zu übertäuben, nicht zum Worte kommen, und fiel daher mit der Entschuldigung schnell ein, daß ich selbst schuldigerweise nicht hätte ermangeln wollen, der gnädigen Frau Mutter meine Ehrfurcht persönlich zu bezeigen, daß mich aber eine Unpäßlichkeit –

»Da werden Ihnen vielleicht die Kirschen recht erquickend seyn, sagte der wunderholde Engel, etwas gesammelter, mit sanfter Freundlichkeit, sie sind ganz frisch, ich habe sie selbst gepflückt.«

»Mein Gott, diese ausgezeichnete Gnade – ich bin – ich kann nicht Worte finden, meinen devotesten Dank –«

»Meine Mutter wäre« hob Rosalinde, die sich an dem gänzlichen Verluste meines Konzeptes heimlich zu ergötzen schien, lächelnd an: »Meine Mutter wäre, wenn ihr böser Fuß ihr nicht das Gehen gar zu sehr erschwerte, gern selbst gekommen, Ihnen zu sagen, wie tief sie sich Ihnen verpflichtet fühlt –«

»Die gnädigste Frau Mutter! mir? – verpflichtet?«

»Wir haben« fuhr Rosalinde ernster werdend, mit dem sanftesten Wohllaut ihrer Glockenstimme fort, »wir haben nicht vergessen, was Sie Gutes an uns gethan, mein seliger Vater hat uns oft von Ihnen erzählt, wie theilnehmend Sie sich seiner angenommen und wie Sie nicht müde geworden, sein Recht zu verfolgen, und meine arme Mutter meinte noch heute, daß, wenn der Vater am Leben geblieben wäre, und Sie beim Herrn Justizrath Brummer, der Prozeß gewiß – –«

Ich war während der kurzen Rede stückweise aus den Wolken gefallen; also nicht die vermeintliche junge Gräfin Wurschen, sondern die bildhübsche Tochter des wohlseligen Pfarrers zu Waitzenlinde, war das Idol meiner Liebesträume gewesen! Ich stieg im Laufe unsers nun immer lebhafter werdenden Gesprächs allmählich von meiner reichsgräflichen Devotion zum Herzenstone der trauli-

chen Innigkeit herab, sog, indem ich Hunger und Durst in den herrlichen frischen Kirschen stillte, jedes Wort von dem allmählich sich
immer mehr erschließenden Purpurmündchen des niedlichen
Pfarrkindes, und mußte meine Augen immer mit Gewalt von der
Graziengestalt wegwenden, denn sie schien den brennenden Blick
nicht ertragen zu können, mit dem ich sie verschlingen zu wollen
scheinen mochte, und ward immer schüchterner und verlegener, je
öfterer sie ihm begegnete. Ein Kreuz, das des Hungers, war mir
durch die, wie durch Himmel gesandten Mannakirschen abge-
nommen, aber das in Liebesnöthen, und das des Übermaaßes in
meinem Glücke, fühlte ich, seit Rosalinde in der Laube neben mir
saß, und so unbefangen und natürlich plauderte, wie ein Kind mit
dem Vertrautesten seines Kreises, in ihrer ganzen Schwere. In des
Mädchens Flötenstimme, im Lächeln, in jeder seiner Bewegungen,
im schmachtenden Blicke seines seelenvollen Auges, in seinem ganzen Wesen lag ein solcher Zauber, eine solche Anmuth, in jeder
Aeußerung so viel Gemüth, so viel Kindliches, rein Weibliches, daß
ich – sie stand, ihr Tellerchen wieder in der Hand, auf, und wollte –
ich hatte meiner Empfindungen nicht länger Meister bleiben können und ihr, vielleicht durch zu lebhaft betonte Worte, die Feuers-
brunst, die in meinem Innern auf allen Ecken und Enden unaufhalt-
sam emporzulodern anfing, verrathen, und wollte gehen; ich bat,
sie zu ihrer Mutter begleiten zu dürfen, nahm ihren Arm und ging
mit ihr durch das endlos lange Dorf, bis zum allerletzten Häuschen,
wo die Mutter, nach des Vaters Tode, von einer ärmlichen Witt-
wenpension kümmerlich lebte.

Rosalinde gestand mir auf dem Hinwege, daß sie bei dem Eintrit-
te in die Laube sehr überrascht gewesen wäre, in mir denselben zu
finden, den sie gestern früh im Fenster über dem schwarzen Mohren, und gestern Abend am Bleichfasse bei den Binsenenten gesehen; sie schämte sich noch nach dem Fasse gegangen zu seyn, und
habe sich den ganzen Abend darüber Vorwürfe gemacht, allein der
Knabe, den sie auf dem Arme gehabt, sey von dem hydraulischen
Kunstwerke so begeistert gewesen, daß er das schwimmende Bin-
sengefieder sich durchaus in der Nähe habe besehen wollen; dann
kam sie auf die alte Gräfin zu sprechen, die sie gegen meine Anfälle
mit der rührendsten Gutmüthigkeit vertheidigte. Die offenbare
Ungerechtigkeit bei dem Wiesenprozesse schob sie auf den Advo-

katen der Gräfin, und die unerträglichen Marotten, den Geiz, die Härten, den Egoismus, den Hochmuth, mit denen die Alte alle ihre Umgebungen oft bis auf das Blut quälte, nannte sie bloße Launen, bei denen die arme Frau selbst gewiß mehr leide, als die Personen ihres Kreises. »Die Art Menschen,« fuhr sie, meinen Unwillen über die Wurschensche Erlaucht sanft begütigend fort, »ist vom Glück verwöhnt, und sieht darum das kleinste Misgeschick für ein unerträgliches Unglück an. Ich bin jetzt seit des Vaters Tode bei ihr gewesen und habe sie, während die junge Gräfin Rosalinde in der Pensionsanstalt war, auf ihrer Reise begleitet. Wohl war es mir Anfangs, als wäre es ein Ding der Unmöglichkeit, nur einen Monat bei ihr auszuhalten; denn alles zu thun, was in unsern Kräften steht, und nie – nie ein zufriedenes Wort darüber zu hören, nie einen anerkennenden Blick des Wohlwollens dafür einzuärndten, immer und ewig ausgescholten, und, selbst in Gegenwart Anderer, mit dem schneidenden Vorwurfe gänzlicher Untauglichkeit belastet zu werden, – nein, es geht nichts über die Bitterkeit einer solchen Lage. Da ich aber sah, daß hundert anderen meines Gleichen kein besseres Loos vom Himmel bereitet war, fing ich an, mein Schicksal als eine Schule für mein zukünftiges Leben anzusehen; Tragen, Dulden und unsere Pflicht thun – das ist ja die schwere Aufgabe aller der Mädchen, die arm und mittellos in die Welt geworfen werden. Mir ward mein Loos noch leichter als mancher andern; ich trug eine Schuld an die junge Gräfin ab; diese hatte, als ich noch im Vaterhause war, die Hälfte ihres Taschengeldes jahrelang an ihre Maitres gegeben, um mir Unterricht in Sprachen und Musik zu ertheilen; die Alte durfte das nicht wissen; vor der hieß es immer, mein Vater bezahle dieß alles; sollte ich nun dafür nicht ihrer Mutter Gutes thun, so viel ich vermochte? und späterhin, als ich sah, daß diese mit all ihrem unermeßlichen Gelde doch nicht glücklich war, daß ihr in der ganzen Welt nichts Freude machte; daß sie nie und nirgends zufrieden war, lernte ich begreifen, daß meine Lage tausendmal besser sei, als die der Gräfin; ich söhnte mich mit meinem Geschick aus und habe nie wieder geklagt, und ihren Mismuth mit Ruhe und Ergebung ertragen. Ich stand in meiner Einbildung jetzt viel höher beim lieben Gott angeschrieben, als die arme reiche Frau, und ich sah ihre ewig bösen Launen, ihr Zerfallensein mit sich und der ganzen Welt, als eine ganz natürliche Folge der Übersicht an, die sie von ihrer eigenen bemitleidenswerthen Lage hatte. Man darf den Großen, den Vornehmen, den Reichen, welche von der Menge oft so schonungslos beurtheilt und beneidet werden, nur eine Zeit lang recht nahe stehen, um sich zu überzeugen, daß sie wahrhaft nicht so glücklich sind, als sie scheinen. Mit dieser Überzeugung bin ich jetzt zu meinem Mütterchen zurückgekehrt, und will mir den Schatz meiner gesammelten kleinen Erfahrungen für mein künftiges Leben aufheben.«

Die einfache, verständige Rede des Mädchens hatte mich ernst gestimmt; ihre Resignation, ihre Ruhe, ihr fester Blick auf sich und ihre Pflicht gaben ihr in meinen Augen eine ganz eigene neue Glorie; das, was mich gleich vom ersten Augenblicke so wundersam an das Grazienkind gefesselt hatte, sein blendendes reizvolles Aeußere, erhielt durch die nähere Kenntniß dieses klaren, himmlischen Gemüths gleichsam einen noch veredeltern Glanz. War mir doch in meinem Leben nicht so sonderbar zu Muthe gewesen, als auf diesem Gange. Wer konnte dieses schuldlose, heitere Wesen sehen, ohne sich zu ihm hingezogen zu fühlen; aus allen Häusern, an denen wir im Dörfchen vorübergingen, kamen ihr die Mädchen und Frauen fröhlich entgegen, bewillkommten sie mit herzlicher Biederkeit, und freuten sich, sie noch schöner und größer, und noch so gut und freundlich zu finden, und Jedem wußte sie etwas Liebes und Theilnehmendes zu sagen; als aber eine alte Bäuerin, auf mich deutend, im gutmüthigen Scherze fragte, ob der schmucke, junge Herr etwa der mitgebrachte Herr Bräutigam sey, ward sie feuerroth, und konnte die Versicherung, daß ich ein, zur Gesellschaft auf dem Schlosse gehöriger Fremder wäre, kaum über die Lippen bringen.

Ich klagte, im Weitergehen, sanft schmollend, über den doch fast gar zu fernen Platz, den sie mir angewiesen, und meinte, daß sie wohl statt mich zu den *Fremden* zu zählen, mich als einen *Freund* ihres Hauses hätte vorstellen können; sie schlug die Augen blitzschnell zur Erde nieder, ein dunkeler Purpur überflog von Neuem den Liliensammet ihrer Wangen, sie wollte etwas darauf erwiedern, aber der Schreck, den von der alten Bauerfrau auf das Tapet gebrachten Witz wieder, und von mir selbst berührt zu sehen, schien ihr das Zünglein gelähmt zu haben. Konnte denn für meine Eigenliebe ein zarteres Geständniß erdacht werden? sagte denn dieses Schweigen, diese Rosengluth, dieser niedergesenkte Blick, diese liebliche Verwirrung mir nicht laut, daß –

»Ah, Mutterchen ist im Garten,« hob sie, nach einem kleinen dunkelbeschatteten Hause aufsehend, an, »ich werde Sie melden« setzte sie, mit einem rückwärts geworfenen freundlichen Blick hinzu, und flog voraus; »nur nicht als Fremden« rief ich ihr nach, folgte im stillen Entzücken über die unbeschreibliche Anmuth, die das süße Zauberbild umschwebte, und begrüßte die ehrwürdige Pfarrfrau mit einer kindlichen Traulichkeit, als wäre ich bereits ihr feierlich erklärter Herr Schwiegersohn.

17.

Ich ward es noch diesen Abend. Wie das eigentlich kam, weiß ich selbst nicht. Aber es ging alles ganz natürlich zu; von Haus aus waren wir beide arm; also in diesem Punkte einander gleich. Mein Brod, und so viel, um eine kleine Frau Assessorin satt zu machen, verdiente ich. Rosalinde brachte die Kunst, sich mit Wenigem zu begnügen, mir mit in das Haus, ein Kapital, das in einer kleinen Wirthschaft auskömmliche Zinsen trägt. Darin waren wir also auch gleich. Seit lange schon hatte ich mir die Töchter des Landes im Stillen besehen. Reiche Mädchen wagte ich nicht anzusprechen, aus Besorgniß, der Assessor Habenichts werde vom Herrn Papa einen Korb bekommen; und den unbemitteltern hatte ich noch weniger den Muth mich zu nähern, weil sie fast ohne Ausnahme über ihren Stand erzogen, und dadurch auf ein Leben angewiesen waren, das ich ihnen bei meinem Einkommen nicht bieten konnte. Hier – hier in meiner wunderlieblichen Rosalinde fand ich, was ich gesucht hatte, ich fand tausendmal mehr. Mit jeder Viertelstunde, daß ich das holde Kind sprach und beobachtete, entfalteten sich neue Reize, neue Vorzüge, neue Tugenden; und ehe der Mond auftauchte aus dem stillen See unweit des Gärtchens, hatte ich meine gewichtigen Worte vor Mutter und Tochter angebracht, und war froh, daß ich es vom gepreßten Herzen herunter hatte. Beide waren wohl über die Hast des liebenden Drängers überrascht, die Alte erwiederte mit freundlichem Wohlwollen, sie habe von ihrem seligen Herrn nichts als Gutes und Liebes über mich gehört, indessen müsse sie sich doch einige Bedenkzeit ausbitten; im Ganzen fände sie sich durch meinen Antrag geehrt, und lasse ihrem Kinde völlig freien Willen. Da zog Rosalinde fröhlich weinend der Mutter Hand an ihre Lippen, ich warf mich zwischen beiden zu ihren Füßen nieder, und fragte das Mädchen meines Herzens, ob es des Lebens Freude und Leid mit mir theilen wolle, und Rosalinde sank neben mir auf ihre Knie, die Mutter segnete uns, der Mond entstieg dem stillen See und erleuchtete die blühende Gartenlaube, in der drei fromme, glückliche Menschen einander in den Armen lagen.

18.

»Wie ist mir geschehen? wie ist es möglich gewesen?« fragte sich Rosalinde, den schnellen Wechsel der Dinge nicht begreifend, mit stillen Lächeln und warf den jungfräulichen Blick gen Himmel, daß sich der Vollmond in den Thränen wundersam wiederspiegelte, die ihr in den großen schwarzen Augen schwammen.

»Das ist da oben beschlossen!« sagte die Mutter mit gläubigem Vertrauen. »Jedesmal, nun kann ich es wohl sagen, jedesmal, daß der selige Vater aus der Stadt kam, und Sie gesehen hatte, sprach er immer von Ihnen mit Enthusiasmus und feurigem Lobe; das hat Ihnen Rosalindens Herz gewonnen, ohne daß sie es selbst weiß; und wenn wir dann beide allein waren, wiederholte er immer die Behauptung, daß das ein Mann wäre, für sein Lindchen wie geschaffen. In seinem Geiste habe ich nur gehandelt, wenn ich den Zufall, der Euch, meine Kinder, so sonderbar zusammengeführt hat, für das Werk einer höhern Fügung halte, und in meinem Segen sprach ich den seinigen aus.«

Rosalinde weinte, an meine Brust gelehnt, laut; ihr nasser Blick schweifte schweigend in der unermeßlichen Sternenwelt umher, als wollte sie die Friedenswohnung des Geschiedenen erforschen. »Mein Väterchen« sagte sie halb laut, wie für sich hin, »ich suchte dich vergebens, aber deine Liebe und deine Tugenden habe ich in diesem Herzen gefunden.« Sie legte ihre kleine Hand auf meine Brust, und lispelte mit der Lauterkeit eines schuldlosen Kindes lächelnd: »Kein Fremder mehr, mein Freund, mein treu geliebter Freund;« ich umschlang trunken vom Entzücken die bräutliche Jungfrau, und saß, als unser Mütterlein, vom kühlen Abend gemahnt, schon längst sich in das Haus und zur Ruhe begeben, immer noch in der lauschigen Laube, und wollte zehnmal fort und konnte nicht. Wer es kennt, das Kosen der bräutlichen Liebe, wer es kennt, das unnennbare Glück, ein Mädchen, wie die engelgleiche Rosalinde, sein, ganz sein nennen zu können, wer es kennt, das ewige Necken und Tändeln, das Hingeben und Sträuben, das bis zum süßesten Wahnsinn gesteigerte Zauberspiel der unschuldig Liebenden, der wird die Seligkeit dieser unvergeßlichen Verlobungsnacht ermessen!

19.

Mein Director schnarchte schon, als ich heim kam, ich hatte also Niemand, dem ich meine Freude verkünden konnte; aber als früh am Morgen, wo der alte Director noch immer schnarchte, der Graf Weidenheim mich in meinem Pfarrgärtchen mit seinem Besuche überraschte, that es mir wohl, daß gerade ein alter Universitätsfreund der erste war, der aus meinem Munde die frohe Nachricht vernehmen sollte.

»Weiß schon alles,« fiel er mir theilnehmend in das Wort. »Lindchen ist heute sechs Uhr schon oben auf dem Schlosse gewesen, bei meiner Braut; um sieben Uhr war bereits Seiferdingen, auf Anstiften meines Bräutchens, bei der gnädigsten Mama, und erklärte nach heillos hitzigen Debatten den gestern abgeschlossenen Scheinhandel von Waitzenlinde für ungültig, wenn sie nicht die sonst auf ihn, als ihren Nachfolger im Gutsbesitz fallende Verpflichtung übernehme, die Ansprüche des seligen Pfarrers Ehrhard wegen der bewußten Wiesennutzung vollständig zu tilgen, die Wiese selbst aber, unweigerlich an den zeitigen Pfarrer sofort wieder zurückzugeben; indem er nicht gesonnen sey, einen Prozeß mit zu kaufen, den sie allein angezettelt habe, der noch nicht geschlichtet sey, und der für die Gutsherrschaft offenbar verloren gehen müsse. Mama hat sich anfänglich mit Händen und Füßen gestemmt; endlich ist denn, da Seiferdingen sein Ehrenwort gegeben, ohne Abmachung dieses Punktes, Waitzenlinde nicht zu kaufen, sondern heute noch wieder nach Hause zu fahren, das desfallsige Instrument gleich gerichtlich ausgefertigt worden, und heute noch wird die von Seiferdingen bedungene Summe an die Wittwe Ehrhard ausgezahlt. Die Geschichte hat mich sehr gedrückt; nun erst freue ich mich auf den Besitz von Waitzenlinde, denn ein, mit unrechtem Gute behaftetes Grundstück brennte mir unter den Füßen, und mein Bräutchen freut sich hauptsächlich, daß die Sache *jetzt* so gekommen; hat Ihre niedliche Rosalinde für Ihren künftigen Haushalt doch nun eine recht erkleckliche Ausstattung, und diese von Gott und Rechtswegen. Heute, mein Freund, sind Sie sammt der künftigen Frau Assessorin, feierlichst bei der Mama zur Tafel eingeladen, und Ihr beiderseitiges Wohl soll unter dem Donner der auf dem Schloßportale aufgepflanzten Pöller ausgebracht werden, so will es die kleine Gebieterin meines Herzens.«

Der Director trank sich bei den vielen Gesundheiten dieses Mittags einen Haarbeutel über den ganzen Rücken, ich gewann aber während dieses fröhlichen Mahles die Überzeugung, daß *meine* Rosalinde zehntausendmal hübscher und liebenswerther war, als die hochgräfliche; ihre schwesterliche Zuneigung zu meinem Mädchen und ihre gediegene Herzensgüte wogen aber die ihr im Vergleich mit Lindchen ermangelnden äußern Reize, wenigstens in meinen Augen, reichlich auf. Daß ich die glückliche Wendung der Wiesengeschichte auch dem Grafen zu danken hatte, lag am Tage; hatte er doch gestern erst sich mir als meinen ewigen Schuldner erklärt, und schien ihm doch der Umstand, daß mir jetzt dadurch etwas Gutes mit widerfuhr, ein vorzüglich erfreulicher Zufall zu sein; aber er hatte auf eine sehr zarte Weise durch die Bemerkung, daß die fragliche Entschädigung den Ehrhardschen Erben von Gott und Rechtswegen gebühre, und daß, wenn sich Jemand dabei ein Verdienst erworben, dieß nur seine Braut und Seiferdingen gewesen, jeden Dank von meiner Seite im Voraus abgelehnt.

20.

Wenige Tage nach diesen glücklichen Ereignissen ward ich von der Gränzkommission abberufen, um als Rath und Justitiarius in das Forstdepartement zu treten. Die junge Frau Forstäthin in spe begleitete mich bis zu Floßinspectors, um ihre Jugendfreundin Christine zu besuchen. Das Floßwesen gehörte zum Ressort des genannten Departements; ich nahm den alten Herrn unter vier Augen in das Gebet, und ließ einige scharfe Worte von einer Untersuchung fallen, die ihm hinsichtlich seiner Dienstführung bevorstehe, und die bei der unerbittlichen Strenge des jetzigen General-Ober-Land-Forstmeisters höchst nachtheilig für ihn ausfallen könne, wenn er sich nicht ganz rein wisse; ich tippte dabei so deutlich auf die jährliche Spazierfahrt der fünftausend Klafterchen in die Residenz, daß er merken mußte, wie genau ich von seinen bisherigen Dienstwidrigkeiten unterrichtet war. Hätte er Gewissen und Herz auf dem rechten Flecke gehabt, so hätte er mich, durch Dringen auf Beweise dieser Beschuldigungen, in keine kleine Verlegenheit setzen können; so aber rang er die Hände, schob alle Schuld auf seine Frau, nannte eine Menge ehemaliger, zum Theil schon verstorbener Vorgesetzter, mit denen er das Spiel gemeinschaftlich getrieben, und ließ mich da einen Blick in ein Gewebe von Schurkereien thun, das so fein angelegt war, daß der offenbar den Hals brach, der es anrührte, ohne der Sache selbst den geringsten Dienst zu leisten, denn jeder in meiner Stellung mußte vorhersehen, daß er hier mit seinen beschränkten Kräften und Mitteln nicht durchgreifen könne. Als den einzigen Ausweg, jeder möglichen Verdrießlichkeit zu entgehen, schlug ich ihm vor, unter dem Vorwande zunehmenden Alters, um Entlassung anzuhalten; der nicht invalide Lieutenant Ehrhard werde um die Stelle einkommen, an ihm sey es, alle seine Verbindungen in der Residenz in Bewegung zu setzen, um diesem den Posten, auf den derselbe, als Invalide, gesetzmäßige Ansprüche habe, zu verschaffen; Erhard werde sein Schwiegersohn und so bleibe die Stelle bei der Familie, und alles, bis auf die fünftausend Klaftern, die Ehrhards mir bekannt gewordene Rechtlichkeit fortan gewiß nicht heimlich mitschwimmen lasse, in statu quo, und seine arme Christine, die, sobald irgend eine Untersuchung gegen ihn verhängt werde, schuldlos geächtet, ehrlos und ewig unglücklich sey, werde die Frau des Mannes, den sie einzig und allein liebe, und ohne den, wie es mir scheine, das ganze Lehen ihr keinen Werth habe.

Der Floßinspector that in der Angst seines Herzens, wie ich ihm gerathen; der Lieutenant kam auf meine Veranlassung um die Stelle ein; das ganze Kollegium wollte ihm, als einem rechtlichen und unterrichteten Manne, wohl, und willfahrte seinem Gesuche um so bereitwilliger, als er zweimal für das Vaterland geblutet und diesem seine Gesundheit geopfert hatte, und so erhielt er den Posten, und ein halb Jahr später legten die Eltern Christinens Hand in die Seine.

Mich aber fragte gestern mein holdseliges Frauchen, ob ich noch Binsenenten machen könnte, und als ich, durch die sonderbare Frage überrascht, mich erkundigte, für wen, umschlang sie mich fröhlich weinend, schmiegte das Lockenköpfchen, über und über erglüht, mir an die Brust und lispelte mit jungfräulicher Verschämtheit, die erste mütterliche Verkündigung, »für unser Kind.«

Über tredition

Eigenes Buch veröffentlichen

tredition wurde 2006 in Hamburg gegründet und hat seither mehrere tausend Buchtitel veröffentlicht. Autoren veröffentlichen in wenigen leichten Schritten gedruckte Bücher, e-Books und audio-Books. tredition hat das Ziel, die beste und fairste Veröffentlichungsmöglichkeit für Autoren zu bieten.

tredition wurde mit der Erkenntnis gegründet, dass nur etwa jedes 200. bei Verlagen eingereichte Manuskript veröffentlicht wird. Dabei hat jedes Buch seinen Markt, also seine Leser. tredition sorgt dafür, dass für jedes Buch die Leserschaft auch erreicht wird.

Im einzigartigen Literatur-Netzwerk von tredition bieten zahlreiche Literatur-Partner (das sind Lektoren, Übersetzer, Hörbuchsprecher und Illustratoren) ihre Dienstleistung an, um Manuskripte zu verbessern oder die Vielfalt zu erhöhen. Autoren vereinbaren direkt mit den Literatur-Partnern die Konditionen ihrer Zusammenarbeit und partizipieren gemeinsam am Erfolg des Buches.

Das gesamte Verlagsprogramm von tredition ist bei allen stationären Buchhandlungen und Online-Buchhändlern wie z. B. Amazon erhältlich. e-Books stehen bei den führenden Online-Portalen (z. B. iBookstore von Apple oder Kindle von Amazon) zum Verkauf.

Einfach leicht ein Buch veröffentlichen: **www.tredition.de**

Eigene Buchreihe oder eigenen Verlag gründen

Seit 2009 bietet tredition sein Verlagskonzept auch als sogenanntes "White-Label" an. Das bedeutet, dass andere Unternehmen, Institutionen und Personen risikofrei und unkompliziert selbst zum Herausgeber von Büchern und Buchreihen unter eigener Marke werden können. tredition übernimmt dabei das komplette Herstellungs- und Distributionsrisiko.

Zahlreiche Zeitschriften-, Zeitungs- und Buchverlage, Universitäten, Forschungseinrichtungen u.v.m. nutzen diese Dienstleistung von tredition, um unter eigener Marke ohne Risiko Bücher zu verlegen.

Alle Informationen im Internet: **www.tredition.de/fuer-verlage**

tredition wurde mit mehreren Innovationspreisen ausgezeichnet, u. a. mit dem Webfuture Award und dem Innovationspreis der Buch Digitale.

tredition ist Mitglied im Börsenverein des Deutschen Buchhandels.

Dieses Werk elektronisch lesen

Dieses Werk ist Teil der Gutenberg-DE Edition DVD. Diese enthält das komplette Archiv des Projekt Gutenberg-DE. Die DVD ist im Internet erhältlich auf **http://gutenbergshop.abc.de**

Zeitfracht Medien GmbH
Ferdinand-Jühlke-Straße 7
99095 Erfurt, Deutschland
produktsicherheit@kolibri360.de